「その通りよ、小僧。
ようやく気付いた
ようじゃのう」
「『毒の女王』……！」
直感的に悟った。彼女こそが『毒の女王』。
かつて魔王と呼ばれて恐れられ、
ジェイド王国北部を絶望の底に追いやった最強の怪物。

カイム
身体中を毒に侵された
『呪い子』として
忌み嫌われてきた少年。
自らに巣食っていた
呪いを克服し、
毒の王として覚醒する。
ミリーシア
ガーネット帝国出身
である貴族の少女。
レンカと共に野盗に
襲われていたところを
カイムに助けられる。

レンカ
ミリーシアの護衛を
務める女性剣士。
やや堅物で
最初はカイムを
警戒していたが――?
ティー
カイムの生家に仕える
ホワイトタイガーの
獣人女性。
呪いに苦しんできた
カイムにとっては
唯一心を許せる存在。

「んあっ、ふあっ、はうっ……
ダメですの、カイム様。
そんなに乱暴にしては……！」
カイムは下から両手を伸ばし、
二つの乳房を鷲掴みにした。
まるで猛禽類が獲物を
捕まえるように揺れる肉塊を
ガッチリと捕らえ、グイグイと揉みしだく。

毒の王 1

最強の力に覚醒した俺は美姫たちを従え、発情ハーレムの主となる

レオナールD

HJ文庫
1092

口絵・本文イラスト　をん

CONTENTS

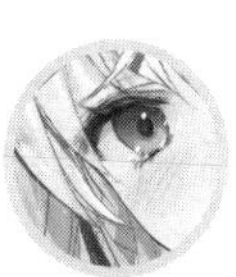
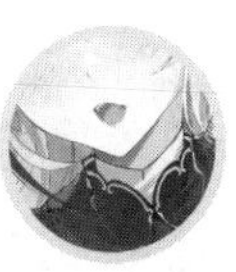

プロローグ

「んあっ、素敵《すてき》ですう」

「ああ、カイム様……」

熱い吐息《といき》が胸にかかる。鼓膜《こまく》をくすぐる蜂蜜《はちみつ》のように甘《あま》ったるい声。そこに込《こ》められた深い情愛が耳から流れ込んできて、脳が溶《と》けてしまいそうだ。

（まったく……俺《おれ》が望んでいたのはこういう事じゃなかったんだけどな……）

柔《やわ》らかく温かい重みを全身に感じながら、その青年——カイムは心中で溜息《ためいき》を吐《つ》く。

カイムがいるのは十人以上が眠《ねむ》れるほどの大きさのキングサイズベッド。そこにはカイム以外にも複数人の女性が乗っている。下着やネグリジェに身を包んだ彼女達《かのじょたち》の瞳《ひとみ》は情欲に染まっており、潤《うる》んだ瞳はカイムの姿だけを映していた。

四方から柔らかな乳房《ちぶさ》が押《お》しつけられる。長い脚《あし》がカイムの身体に絡《から》みついてくる。ギシギシとベッドが小刻みに上下するたび、彼女達の口から艶《つや》っぽい嬌声《きょうせい》が漏《も》れた。

カイムを囲んでいるのは、いずれも類まれな美女・美少女ばかりである。彼女達はまるで甘い毒に冒《おか》されたように頬《ほお》をバラ色に染めて、カイムのことを求めていた。

（実際、『毒』に冒されてるんだろうな……コイツらは）

スベスベの柔肌《やわはだ》に手を這《は》わせ、胸や尻《しり》の膨《ふく》らみを弄《もてあそ》びながら、カイムは苦笑《くしょう》した。ここにいる女性はいずれもカイムの虜《とりこ》になっていた。全身を余すところなく甘い毒に支配されており、本能を剥《む》き出しにしてカイムのことを求めている。

（責任を取らなくちゃいけないよな。身から出た錆《さび》……いや、『毒』だもんな）

「カイム様……どうか、どうか私にお情けをくださいませ……もっと、もっと……！」

女性の一人が堪《たま》りかねたとばかりに濡《ぬ》れそぼった下着を脱《ぬ》ぎ捨てる。彼女《かのじょ》につられて、他の女性も次々と一糸まとわぬ全裸《ぜんら》になっていく。

「いいだろう……かかってこいよ。全員、まとめて相手にしてやるから」

言い放ち、カイムは美女の一人を抱《だ》き寄せて唇《くちびる》を奪《うば》う。腕《うで》や脚に別の女性が抱き着いてくるのを感じながら……カイムはここに至るまでの経緯《けいい》を頭に思《おも》い浮《う》かべた。

これから語られるのは、一人の王の誕生の物語。後の時代において『名君』とも『暴君』とも……『魔王《まおう》』とも称《しょう》されることになる最強の魔人《まじん》の英雄譚《えいゆうたん》。

『毒の王』と呼ばれた男の戦いと冒険《ぼうけん》の物語である。

第一章　呪われし子

全ての始まりは十三年前までさかのぼる。
大陸中央の小国――ジェイド王国にて、その物語の幕が開こうとしていた。

「ハア…………ハア…………ハア…………」

一人の女性が寝台《しんだい》に横になったまま、か細い息を吐いている。二十代前半ほどの女性は頬が痩《や》せこけ、全身を汗《あせ》で濡らしていた。明らかに何らかの病に侵《おか》されている。それもかなり病状が進行しており、余命が幾《いく》ばくも無いことは誰《だれ》の目にも明らかだった。


「サーシャ……」

ベッドの傍《かたわ》らで男が背中を丸めて俯《うつむ》いている。表情を悲痛に歪《ゆが》めながら呼びかけるが……反応はない。『サーシャ』と呼ばれた女性の耳に男の声が入っているのかも怪《あや》しかった。

二人は夫婦《ふうふ》だった。それもただの夫婦ではない。彼《かれ》らは二人ともが英雄《えいゆう》であり、巨大《きょだい》な厄災《やくさい》から人々を救った救世主だった。

一年前、ジェイド王国に『毒の女王』と呼ばれる災厄《さいやく》が出現した。『魔王級』に分類される怪物《かいぶつ》によって王国北部が蹂躙《じゅうりん》され、村々が滅《ほろ》ぼされて数えきれない被害《ひがい》を出していた。

そんな災厄の魔物《まもの》を討伐《とうばつ》したのがベッドに眠る女性と、それを見守っている男である。女性——サーシャ・ハルスベルクは『賢者《けんじゃ》』の名を冠《かん》する凄腕《すごうで》の魔法使《まほうつか》い。男性——ケヴィン・ハルスベルクは『拳聖《けんせい》』と謳《うた》われる武術の達人なのだ。

夫婦を中心とした討伐隊により『女王』は打ち倒《たお》され、王国は平和を取り戻《もど》した。

だが……それと引き換《か》えに、サーシャは『女王』が最後にはなった呪いを受けてしまい、不治の病に侵されてしまったのである。

サーシャは現在進行形で死にかけていた。救国の英雄の命を救うために多くの医師や薬師、神官や宮廷魔術師《きゅうていまじゅつし》が集められたものの、救う手立ては見つかっていない。

「ハア…………ハア…………」

「サーシャ、どうしてこんなことに……どうして、お前がこんな目に遭《あ》わなくちゃいけないんだ……！　神よ、俺達《おれたち》が何をしたというのだ……！」

苦しむ妻を見つめることしかできないケヴィンは己《おのれ》の無力さに打ちひしがれた。

王国最強の武人。素手《すで》でドラゴンを殴《なぐ》り殺すことができる『拳聖』のケヴィンであったが、呪いの病に侵された愛《いと》しい女性を救うことすらできない。

こんなことならば、『毒の女王』なんて放っておけばよかった。国が滅んだとしても、関わることなく逃《に》げればよかった。そんな英雄としてあるまじき考えすら頭に浮かんでくる。

「サーシャ……お願いだ、どうか死なないでくれ。俺を置いていかないでくれ……」

「旦那様《だんなさま》、失礼いたします」

嘆《なげ》き悲《かな》しむケヴィンの耳に扉《とびら》をノックする音が聞こえてくる。ケヴィンが応えることなく黙《だま》り込んでいると、外からドアが開いて屋敷《やしき》で働いている使用人の男性が入ってきた。

年配の使用人は雇《やと》い主《ぬし》である夫妻を痛ましげな目で見やり、控《ひか》えめな口調でケヴィンに声をかける。

「旦那様、表に医師を名乗る方が見えられています。お通ししてもよろしいでしょうか？」

「…………」

ケヴィンがギリッと音が鳴るほど奥歯《おくば》を噛《か》みしめる。これまで何人もの医師が妻の身体を診察《しんさつ》して、何もすることができずに匙《さじ》を投げていた。どうせ今回も無理に決まっている。

「……いいだろう。通せ」

とはいえ、サーシャを救いに来てくれた人間を無下に追い返すわけにもいかない。ひょっとしたら、『毒の女王』討伐に感謝をした国王が送ってくれた医師かもしれないのだ。『魔王級』の討伐によって貴族に叙任《じょにん》される話も出ており、ありえないことではなかった。

ケヴィンが許しを出すと、「畏《かしこ》まりました」と使用人の男が廊下《ろうか》に消えていき……やがて、一人の人物が寝室《しんしつ》に入ってきた。

「やあ、ケヴィン。久しぶりだね。私のことを覚えているかな？」

「お前は……⁉」

気安い仕草で手を上げて入室してきたのは背の高い女性だった。外見の年齢《ねんれい》は二十代前半ほど。男性用の黒いスーツを着ており、上から白衣をマントのように羽織っている。

彼女の正体をケヴィンは知っていた。かつては仲間と呼んだこともあり、現在は袂《たもと》を分かっているはずの女性だった。

「貴様……何故《なぜ》ここにいる⁉　ドクトル・ファウスト！」

「ハハッ！　いきなり怒鳴《どな》ってくるとはご挨拶《あいさつ》だなあ。元気そうで何よりだ」

噛みつくような口調で名前を呼ばれ、白衣の女性――ファウストは真っ赤な唇を三日月形に吊《つ》り上げた。

ドクトル・ファウスト。彼女に対する評価は人や国によって大きく分かれている。

良い評価としては……治療《ちりょう》不可能だった難病の特効薬を開発したこと。とある国を滅亡《めつぼう》させかけていた悪魔《あくま》を封印《ふういん》したこと。魔物のスタンピードをたった一人で喰《く》い止めたこと。

ファウストを高く評価している人間は、彼女のことを「まるで天使のように気高く、素《す》晴《ば》らしい女性だ」と称賛《しょうさん》する。

悪い評価としては……薬を開発する過程で人体実験を行い、数百人の人間を死に追いやったこと。魔術《まじゅつ》の生け贄《にえ》のために町一つの住民を消し去ったこと。亜人《あじん》と呼ばれる者達の肉体を改造して生物兵器を生み出したこと。

ファウストに敵意を持つ人間は、彼女のことを「まるで悪魔のように残忍《ざんにん》で、恐《おそ》るべき女だ」と侮蔑《ぶべつ》している。

ケヴィンやサーシャはかつてファウストを仲間と呼んで行動を共にしていたことがあったが、彼女の異常な行動を許容することができず、すでに縁《えん》を切っている。

それなのに……どうして、今さらになってファウストが夫婦の前に現れたのだろうか？

「『何故』とは冷たいことを言うじゃないか。私は旧友の危機を見て見ぬふりをするほど薄情《はくじょう》ではないよ？　サーシャが『毒の女王』の呪いを受けたと聞いて駆《か》けつけたのさ」

「何をぬけぬけと……！　貴様が五年前、あの町の住人に何をしたのか忘れたのか⁉」

「無論、覚えているとも。実験の犠牲《ぎせい》となった人間を忘れないのは、研究者としての義務だからね。そんなことよりも……そろそろ、奥方《おくがた》を診察させてもらえないかな？」

「貴様……！」

ケヴィンはファウストを睨《にら》みつけるが、同時に一握《ひとにぎ》りの希望が芽吹《めぶ》くのを感じていた。

目の前にいる医師は狂人《きょうじん》。明らかに人の境界を踏《ふ》み越《こ》えた先にいる怪物である。

（だが……間違《まちが》いなく、この女は最高の医師にして魔術師《まじゅつし》。ファウストであれば、あるいはサーシャを救うことができるのかもしれない……）

むしろ、ファウストに救うことができないのであれば、本当に妻を救う手立てはないのかもしれない。そんな考えがケヴィンの脳裏《のうり》をよぎったのである。

「く……妻におかしなことをしたら容赦《ようしゃ》しないぞ！」

ケヴィンは悔《くや》しそうに表情を歪めながらも、サーシャを診察することを許可した。

「結構。最初からそうしたまえよ」

ファウストは苦笑しながらケヴィンの肩《かた》を軽く叩《たた》き、横たわるサーシャを診察する。

「よっと……服を失礼するよ」

「うっ……」

ファウストがサーシャの服を脱がすと、その全身に紫色《むらさきいろ》のアザが刻まれている。アザは心臓を中心に侵略《しんりゃく》するように肌《はだ》を覆《おお》っており、すでに顔の下まで達している。

「ほうほう、なるほどねえ」

「…………」

ファウストがサーシャの全身をまさぐっていく。医療行為《いりょうこうい》でなければ……あるいはファウストが女性でなければ許せなかったほど、身体の細部まで丁寧《ていねい》に診察する。

「うん、概《おおむ》ね理解できたよ。『毒の女王』の呪い。これは感染《かんせん》の呪病《じゅびょう》だね。なかなか厄介《やっかい》な呪いを押しつけられたようだが……治療する方法はあるよ。辛《かろ》うじてだけど」

「治せるのか⁉」

ケヴィンは思わず大声を出す。どんな高名な医師に診《み》せても、どんな優《すぐ》れた魔法使いに診せても、サーシャの治療法はわからなかった。それなのに……たった数分の診察だけで、ファウストはあっさりとサーシャを救う手段を発見してしまった。

ファウストは詰《つ》め寄ってくるケヴィンを「まあまあ」と抑《おさ》えながら、ゆっくりとした口調で言い含《ふく》めるように言う。

「期待させてしまったようですまないが……『魔王級』の災害である『毒の女王』の呪いをノーリスクで無効化することはできない。これを打ち破るとなれば、代わりの犠牲が必要だ」

「代わりの犠牲だと……？」

「『換魂《かんこん》の術』を知っているかな？　誰かの命を犠牲にして死者を甦《よみがえ》らせる秘術なのだけ

ど……その応用で、サーシャにかけられた呪いを他者に移せば治療できるはずだ」

「…………!」

ケヴィンは息を呑《の》んだ。サーシャを助けるためには誰かに呪いを押しつけなくてはいけない。妻を救うために他人を犠牲にする……あまりにも身勝手で冒涜的《ぼうとくてき》なことだった。

「……わかった。俺が代わりになろう」

沈黙《ちんもく》の後、ケヴィンはそう口にした。妻のために自身が犠牲になる覚悟《かくご》を決めて切り出すが……ファウストは首を振《ふ》る。

「残念だけど君は対象外だよ。『換魂の術』は近しい『魂』の情報を持った人間、つまり血縁者《けつえんしゃ》にしか使用できない。呪いを移すことができるのは親子か兄弟姉妹《しまい》くらいだね」

「なっ……それじゃあ、最初から助けられねえじゃないか!」

ファウストの説明を聞いて、ケヴィンは拳で壁《かべ》を殴りつけた。

「サーシャは天涯孤独《てんがいこどく》の身の上だ! 親はすでに死んでいるし、兄弟も姉妹もいない! 呪いを移せる人間は誰もいない……!」

希望が見えたと思ったら、すぐさま手から離《はな》れて届かない場所まで行ってしまった。再び絶望するケヴィンであったが、ファウストが苦笑しながらメガネの縁を押し上げる。

「そんなことはないだろう? いるじゃないか、呪いを移せる人間が」

「何だと……？」

「近親者ならば呪いを移せる。その対象には……まだ生まれていない胎児《たいじ》も含まれている」

「なあっ⁉　ま、まさか……⁉」

ケヴィンはファウストの言わんとすることを悟《さと》り、思わずサーシャのほうに目を向ける。

「ハアッ……………ハアッ…………」

診察のために服をはだけた妻……その身体の中に命が宿っているとでも言いたいのか。

「まさか……サーシャが俺の子供を……？」

「父親が君であるとは限らないけどね……いや、失敬。サーシャが妊娠《にんしん》しているのは間違いない。医師として保証するよ」

「…………！」

ケヴィンは表情を歪める。愛しい妻を救うためならば、どんな犠牲だって覚悟していた。

しかし、さすがに生まれてもいない我《わ》が子を対価にするだなんて考えてもみなかった。

「何ということだ……この世に神はいないのか？」

「私はどちらでも構わない。君の決断を尊重しよう。ただし、このまま放っておけば母子もろともに死ぬことになる……とだけは念押《ねんお》ししておくがね？」

「クッ……」

ケヴィンは両目を閉じて、拳を握《にぎ》りしめ……やがて非情な決断を下す。

「……妻を助けてくれ。子供に呪いを移してくれ」

「ああ、構わないよ。了承《りょうしょう》し……」

「まち、なさいっ……！」

「サーシャ⁉」

決断を下すケヴィンであったが……ベッドで虫の息になっていたサーシャが止める。

いつの間に目を覚ましたのだろう。身体を起こすことなく、ケヴィンを睨みつける。

「馬鹿に、しないでよ……自分の子供を、犠牲にして……生き残りたくなんてない……！」

「だけど……サーシャ！　他に方法がないんだ！　君が死んだら、お腹《なか》の中にいる子供だって死んでしまう。だったら、いっそ君だけでも……！」

「私の子供よ……！　この子を、独りで死なせるくらいなら、私はこの子を抱いたまま、冥府《めいふ》の門をくぐることを選ぶわ……！」

息も絶え絶えになりながら、サーシャの瞳には強い意志が宿っている。

自分が命を落としそうになっているのにもかかわらず、サーシャは我が子を手放そうとはしない。揺《ゆ》らぐことのない鋼鉄の意志はまさに母の愛だった。

「ふむ……本当にそれでいいのかい？」

けれど、決意を固めるサーシャにファウストが首を傾《かし》げて尋《たず》ねた。

「子供に呪いを移すことなく死を選ぶ……それが最終的な判断で本当に良いのかい？」

「当たり前……親は子供を助けるもの。子供を身代わりにする親が、どこにいるのよ……!?」

「だが……そうなってしまうと、君も子供達も死んでしまうよ？　たった一人を犠牲にすれば残りの全員が助かるのに、わざわざ全員で死ぬ必要があるとは思えないが」

「だから……！」

苛立《いらだ》ち、弱った身体に鞭打《むちう》って怒鳴りつけようとするサーシャであったが……ふとファウストの言葉に違和感《いわかん》を覚えた。

「待って。子供、たち……ですって？」

「ああ、『子供達』……だとも」

ファウストは頷《うなず》いて、サーシャの疑問に肯定《こうてい》を返す。

「君の子宮に宿っているのは双子《ふたご》だよ。胎児は二人いるんだ」

「ッ……!?」

「なっ!?　双子だって!?」

ファウストの発言に夫婦はそろって愕然《がくぜん》とする。子供が二人となれば、そもそもの前提が変わってしまうからだ。

「二人いる子供の一人に呪いを移せば、母親ともう一人の子供は助かる。三人で仲良く死ぬか、あるいは一人を犠牲にして二人が助かるか……これはそういう二者択一《にしゃたくいつ》なんだよ」

「そん、な……」

「さあ、どうするかね？　我が旧《ふる》き友よ。私は君達夫婦《ふうふ》の決断を尊重する。子供二人を道づれにするか、一人だけでも助けてあげるか……好きな方を選択《せんたく》したまえ」

「…………」

「どちらを選んでも間違った選択ではない。命の選択に正解などないのだからね」

決断を迫《せま》るファウストの表情は穏《おだ》やか。優《やさ》しげともいえる慈悲《じひ》深《ぶか》い顔をしている。

だが……そんな穏やかな相貌《そうぼう》が、ハルスベルク夫妻には人間に契約《けいやく》を迫る悪魔の顔に見えたのだった。


その日、夫婦は一つの決断を下すことになる。

苦悶《くもん》の末に出した決断は十数年後、大勢の人間の運命を左右することになるのだが……

そのことは夫婦も含めて誰も予想していないことだった。

いったい、自分がどうしてこんな目に遭っているのだろう？

それは幾度《いくど》となく考え、悩《なや》み、嘆き悲しみ……答えが出ることのなかった問いである。

「あ、また『呪い子』が出たぞ！」

「こっちに来るな！　呪いが感染《うつ》るだろうが！」

「うっ……」

子供達が投げてきた石が後頭部に当たり、カイム・ハルスベルクは痛みに表情を歪めた。

カイムは十三歳《さい》の少年である。灰色の髪《かみ》と瞳、目鼻立ちは秀麗《しゅうれい》に整っており、数年もすれば多くの女性が放っておかないであろう美男子になることが予想される。

だが……カイムの顔や手足には紫《むらさき》のアザが刻まれており、整った容貌《ようぼう》を台無しにしている。色白の肌を無残に覆っているのは呪いの痕跡《こんせき》。カイムが生まれた時から刻まれており、『呪い子』として虐《しいた》げられる運命を背負わせた元凶《げんきょう》だった。

「逃げろー、呪いを感染されるぞ！」

「バケモノー！　さっさと村から出ていけー！」

少年達がゲラゲラ笑いながら走っていく。

「痛ッ……」

頭に手を当てると後頭部から血がにじんでいる。カイムは痛みに表情を歪めた。

カイムはハルスベルク伯爵《はくしやく》領の片隅《かたすみ》にある小さな村で暮らしていた。暮らしている……とは言ったものの、カイムが生活しているのは村外れの森にある小屋である。時々、食料品などを買うために訪《おとず》れる以外、村との交流は一切《いっさい》なかった。

「また来たぞ……例の『呪い子』だ」

「『毒の女王』の……クソ、忌々《いまいま》しい！」

「嫌《いや》だわ、汚《けが》らわしい。早く出てってくれないかしら？」

村の大人は子供達のように石を投げてくることこそなかったが、すれ違《ちが》うたびにカイムを見てヒソヒソと噂話《うわさばなし》をしている。これもいつものことである。

カイムが行きつけの商店にやってくると、店主の男がギョロリと睨みつけてきた。

「……また来たのかよ。しょうがねえな」

「あの……食べるものを……」

「ああ、持ってけ持ってけ。そいつを持って、さっさと消えてくれ！」

店主が麻袋《あさぶくろ》を投げた。地面に落ちた袋からパンや果物、チーズが転がり出る。

「お代はいつものように領主様に請求《せいきゅう》するから、早く帰れ！ 他の客が逃げちまう！」

「ッ……！」

「何だあ？　まさか睨んできてるんじゃねえだろうな？　こっちが食料を恵《めぐ》んでやってるってのに、『呪い子』の分際で逆恨《さかうら》みとかしてんじゃねえぞ！」

「くっ……」

店主に恫喝《どうかつ》されて、カイムが地面に落ちた食料を麻袋に入れる。

土まみれになっていたとしても、売れ残りでカビが生えていたとしても……カイムにとっては貴重な食料である。食べなくては生きていけない。

カイムは屈辱《くつじょく》に必死に堪《た》えながらも食料を拾い集め、足早にその場から立ち去った。

すれ違う村人に中傷されながら、カイムは村を出て、森の獣道《けものみち》を歩いていく。

あちこちに痛みを感じながら歩くカイムの脳裏に浮かぶのは……いつもの疑問である。

（どうして……どうして、僕《ぼく》ばっかりこんな目に遭わなくちゃいけないいんだろう……）

カイムは一年前から森にある小屋で生活している。最初はそこに住んでいた老人の世話になっていたが……三ヵ月前に彼が病で亡《な》くなってからは独りで暮らしている。

以来、村に出て食料品を調達するだけでも悪意をぶつけられ、何も悪いことなどしていないのに悪意に満ちた声を浴びせられる日々が続いていた。

「どうして、僕は『呪い子』に生まれたんだろう。僕が何をしたって言うんだろう……」

口に出してつぶやいてみても、何も変わらない。カイムは生まれた時からずっと『呪い子』であり、そして、これからもそうであり続けるのだろう。

たった独りきりで、誰にも顧《かえり》みられることなく生きていかなくてはいけないのだ。

「ゴホッゴホッ……！」

急に胸の痛みに襲《おそ》われて、食料が入った袋を落とす。口許《くちもと》を手で押さえて何度も咳《せき》をすると……掌《てのひら》にドロリとした血液が付着していた。

掌に付着した血液が地面に落ちると「ジュワッ」と焼け焦《こ》げたような音を鳴らして異臭《いしゅう》が上がる。足元を見てみれば、地面に落ちていた小石が酸で溶かされたように溶解《ようかい》していた。

「毒の呪いか……」

カイムの身体は生まれた頃《ころ》から『毒の呪い』に侵されており、時々、こうして血を吐いてしまうことがあった。毒に汚染《おせん》された血液は石を溶かすほどの毒性を有している。

（そのせいで生まれ育った家だって追い出された。母さんが亡くなってすぐに……）

今でこそ森の小屋で生活しているカイムであったが……実のところ、近隣《きんりん》を治めている領主の息子《むすこ》である。昨年、母親が亡くなるまでは広々とした屋敷で暮らしていた。

（母さんが生きていた頃は良かった。石を投げられるなんてことはなかったのに……）

母親はカイムを愛してくれた数少ない人である。父親も、双子の妹だって近づこうとしなかったカイムに、屈託《くったく》のない笑顔《えがお》を向けてくれた。

（そう言えば……母さんは時々、「ごめんなさい」ってつぶやいていたな。あれは何について謝《あやま》っていたんだろう……？）

母は生前、カイムに懺悔《ざんげ》をするように謝罪を繰《く》り返していた。謝るべきなのは『呪い子』に生まれたカイムの方だというのに……母はいったい、何を謝っていたのだろう？

「ん……？」

「グルルルル……」

ふと顔を上げると、数メートルほど離れた木の陰《かげ》で数匹《すうひき》の狼《おおかみ》が唸《うな》り声を上げていた。今にも襲いかかると言わんばかりに、獰猛《どうもう》な牙《きば》を剥いている。

「狼か……最近は姿を見なかったのに、どうしたのかな？」

カイムは首を傾げて、血液が付着した手をかざした。

「キャインッ⁉」

すると、狼が子犬のような鳴き声を発して逃げていく。毒の血液は臭《にお》いだけで獣《けもの》や魔物を追い払《はら》う力がある。この辺りは少し前まで狼の被害が頻発《ひんぱつ》していたそうだが、カイムが暮らすようになってすっかり鳴りを潜《ひそ》めていた。

「僕だって獣避《けものよ》けの役には立っているんだ。もう少し、大切にしてもらいたいな……」

カイムは自嘲《じちょう》気味につぶやいて、地面に落としてしまった食料品を拾い集める。

（どうせ、僕の身体の中は泥《どろ》なんかよりもずっと汚《よご》れているんだ。毒の呪いで満たされた身体のくせに、今さら何を気にするっていうんだ）

カイムは肩を落としながら、ゆっくりとした足取りで家路をたどる。

自分の人生は、ずっとこんな悪意と侮蔑にさらされた日々が続くのだろうか……そんな漠然《ばくぜん》とした不安を胸に抱《かか》えながら。


「ん……？」

カイムが森の奥《おく》にある小屋にたどり着くと、今にも崩《くず》れてしまいそうなボロボロの小屋の前に一人の女性が佇《たたず》んでいるのが見えた。

二十代前半ほどの年齢でメイド服を着ている。銀色の長髪《ちょうはつ》が特徴的《とくちょうてき》だが、それ以上に目を引くのは頭の上に乗った三角の獣耳《けものみみ》。そして、ロングスカートの端《はし》から伸《の》びた尻尾《しっぽ》である。

「ティー……」

「あ、カイム様ですわ！　お帰りなさいませ！」

女性はカイムの帰宅に気づくや、表情をパアッと明るくさせて駆け寄ってきた。

彼女の名前はティー。カイムの生家であるハルスベルク伯爵家《はくしやくけ》に仕えているメイドであり、『虎人《とらびと》』という獣人《じゆうじん》だった。虎人の中でも珍《めずら》しい『ホワイトタイガー』の獣人のため、獣の耳や尻尾は白黒の毛色に分かれている。

亡き母親に仕えていた専属メイドで、幼いカイムの面倒《めんどう》をみていたのもティーだった。

ハルスベルク家の使用人はカイムを疎《うと》んでいたが、ティーは好意的な唯一《ゆいいつ》の使用人である。屋敷を追い出されてからも、時折、カイムを心配して様子を見にくるのだ。

「買い物に行ってたんですの？　今日は帰りが遅《おそ》くて心配しちゃいましたわ！」

「あ……近づいたらダメだ！　僕の身体に触《さわ》らないでくれ！」

「え……？」

いつもの癖《くせ》で抱き着いてこようとするティーを慌《あわ》てて止めた。

ティーはスキンシップが激しく、カイムと顔を合わせるたびに抱き着いてくるのだ。

しかし、今のカイムは頭部を怪我《けが》して血が出てしまっている。迂闊《うかつ》に抱き着かれたら、ティーに毒の血がついてしまうかもしれない。

人懐《ひとなつ》っこい笑顔で近づいてこようとしていたティーであったが……カイムの怪我に気がついて、表情を曇《くも》らせる。

「……カイム様、その怪我はどうしたんですの？」

「これは……さっき転んだんだよ。うっかり頭をぶつけちゃって……」

カイムが気まずそうに言い訳の言葉を口にすると、ティーが目を吊り上げる。

「嘘《うそ》ばっかり。村の連中がやったんですね？　アイツら……伯爵家の人間であるカイム様になんてことを……！　すぐに私が行って、愚《おろ》か者どもを叩きのめしてやりますわ！」

「ちょ……やめてやめて！　大丈夫《だいじょうぶ》だから！」

カイムは今にも走りだそうとするティーを慌てて止める。

以前にも同じようなことがあり、ティーが怒《おこ》って村に乗り込んだことがあったのだ。

村の子供の尻を叩き、親に怒鳴り散らして謝罪させたのだが……後日、カイムの父親であるハルスベルク伯爵から酷《ひど》く叱《しか》られてしまった。

村長がハルスベルク伯爵に抗議《こうぎ》したらしく、ティーが一方的に村人に喚《わめ》き散らして暴力を振るったことになっていたのである。

『あの村は出来損《できそこ》ないの『呪い子』を預かってくれているのだ。くだらぬ騒《さわ》ぎを起こすな！』

ハルスベルク伯爵は一方的に虐げられたカイムのことも、カイムのために怒ったティーのことも、庇《かば》うことはなかった。それどころか、息子を虐げた村人を擁護《ようご》したのである。

「ティーは父上から目を付けられているんだ。母上のお気に入りということで見逃《みのが》されているけれど……これ以上、僕のために問題を起こしたら、伯爵家を追い出されてしまうよ」

「ですが……放っておけば、連中はどんどん図に乗って、カイム様をイジメてきますわ！」

「……仕方がないんだよ。僕が『呪い子』に生まれたことが悪いんだから。それにこの村を追い出されたら、本当に行く当てがなくなってしまうだろう？」

「ガウウ……」

表情を暗くさせたカイムに、ティーも泣きそうな顔になった。

何か言いたげな目をしていたが……唇を噛んで、ゆっくりと首を振る。

「……傷の手当てをしますの。こちらに来てくださいな」

「いや、これは……うん。血に触らないように気をつけてね」

毒の血に触《ふ》れさせないように断ろうとするカイムであったが……ティーの瞳に有無《うむ》を言わせぬ意志を感じ取り、渋々《しぶしぶ》ながら一緒《いっしょ》に小屋に入っていった。

小屋の中には家具などは何もない。地面に木の板を敷《し》いただけの質素すぎる有様である。

「傷口を洗いますわ。ちょっと染《し》みるかもしれませんけど我慢《がまん》してくださいね」

「うっ……」

ティーがカイムの頭を胸に抱いて、後頭部の手当てを始める。メイド服に包まれた豊かな乳房に顔を埋《う》めることになり、カイムはカッと顔を赤くした。

「カイム様、もう少しだけ辛抱《しんぼう》してくださいですの」

「うん、大丈夫。傷は少しだけ痛いけど我慢できるよ」

「もう少しでお金が貯《た》まりますから。そうしたら、こんな場所すぐにだって……」

「…………？」

ティーのつぶやきを聞き取ることができず、カイムが大きな胸に顔をうずめたまま不思議そうな顔をする。やがて治療が終わり、カイムは「プハアッ」と顔を上げた。

「ところでティー。今日は何の用事で来たのかな？」

胸に顔を埋めていた羞恥《しゅうち》を隠《かく》すために、カイムはそんなことを口にした。

特に用事がなくとも、ティーは週に一度は様子を見に来る。あえて聞く必要のない誤魔《ごま》化《か》しのための質問である。

「ガウ……そうでした。忘れるところでしたわ」

しかし、ティーは治療に使った道具を片付けながら、思い出したように瞳を瞬《しばた》かせた。

どうやら、本当に用事があって来たようである。

「今日はその……旦那様から、カイム様を屋敷にお連れするように命じられてまして……」

「父上からって……珍しいね。僕に用事だなんて」

「……もうじき、奥様《おくさま》の命日ですの。その前に、家に顔を見せるようにとのことで……」

「……ああ、そういうことか」

カイムは父親の意図を悟り、表情を曇らせた。一週間後、母親が亡くなった日がやってくる。その前に家に帰ってきて、母のために祈《いの》りを済ませろということだろう。

どうして当日ではなく、事前に済ませておけと言っているのか……それは大切な妻の命日に『呪い子』である不肖《ふしょう》の息子の顔を見たくはないからだろう。

一応は息子であるカイムへのわずかな義理と妻への愛情。そして、薄情な父親らしい勝手な都合が合わさった身勝手な要求である。

「……いいよ。帰ろう、あの屋敷に」

「……メッセンジャーである私が言うのもおかしいですけど、あそこにはカイム様を軽んじている人間しかいませんわ。無理に戻らなくても……」

「いいんだ。大恩ある母様をちゃんと弔《とむら》いたいから。家に帰る許可がもらえなかったら、屋敷の門の前でお祈りだけさせてもらおうと思ってたんだけど……手間が省けたよ」

カイムは暗い笑《え》みを浮かべて、一年前まで暮らしていた屋敷に帰ることを決意した。

○　○　○

『拳聖』と呼ばれる父と双子の妹が住んでいる家——ハルスベルク伯爵家へ。

ハルスベルク伯爵家の当主であるケヴィン・ハルスベルクは、元々、名のある冒険者《ぼうけんしゃ》として魔物や盗賊《とうぞく》の討伐を行っていた。

いくつもの冒険で名を馳《は》せたケヴィンは十三年前に『毒の女王』という怪物を討伐したことで、報酬《ほうしゅう》として『伯爵』の地位と領地を与《あた》えられることになる。

一介《いっかい》の冒険者から貴族に成り上がったケヴィンに古参の貴族からの風当たりは強いが……王国最強、『拳聖』と謳われるケヴィンに真っ向から敵対する者はいなかった。

冒険者時代に培《つちか》った人脈によって集められた臣下に支えられながら、ケヴィン・ハルスベルク伯爵は穏便《おんびん》に領地を治めており、良き領主として領民からも慕《した》われている。

「……ここに戻ってくる日が来るなんてね。追い出された時には思わなかったよ」

一年ぶりに訪れる実家を見上げて、領主の息子であるカイムは顔を顰《しか》めた。

この屋敷は母親との思い出が詰まった場所だったが……同時に、辛《つら》い思い出も山のようにある。出来ることなら、もう訪れたくはない場所だった。

「……カイム様、大丈夫ですの？」

「……うん。問題ないよ」

心配そうに顔を覗《のぞ》き込《こ》んでくるティーに力なく笑い、カイムは屋敷の門をくぐった。

そのまま屋敷に向かっていくと、途中《とちゆう》で庭師や警備の兵士とすれ違う。彼らはカイムから目を逸《そ》らして挨拶すらしない。汚らわしいものでも目にしたような態度だった。

「何という無礼な奴《やつ》ら……！」

「……別にいいよ。どうでもいい」

こんな反応には慣れたもの。この屋敷でカイムに普通《ふつう》に接している人間は、母親とティーだけだった。村の連中のように石を投げてこないだけマシである。

屋敷に近づくと……庭で二人の人間が身体を動かしているのが見えてきた。

この屋敷の主人であるケヴィン・ハルスベルク。そして、カイムの双子の妹であるアーネット・ハルスベルクである。

「よし、それじゃあ今日も『闘鬼神流《とうきしんりゆう》』の戦闘術《せんとうじゆつ》について指南するぞ！」

「はい、お父様！」

二人は動きやすい格好をしており、どうやら格闘術《かくとうじゆつ》の訓練をしているようだ。

「まずはおさらいだ……闘鬼神流は肉体に魔力《まりよく》を纏《まと》って闘《たたか》う戦闘技術。剣《けん》も槍《やり》も使わない。肉体そのものを武器にする。魔力による身体強化はあらゆる武道において基本的な技術の一つとして存在しているが……闘鬼神流のそれは次元が違う！」

赤髪の大柄《おおがら》な男性――ケヴィンが「フッ！」と鋭《するど》く息を吐《は》くと、途端《とたん》にその身体を魔力のオーラが包み込む。

沸騰《ふっとう》した蒸気のように魔力が身体から噴《ふ》き出した。魔力はやがて体積を縮めていき、目に見えて小さくなっていく。肉体から発される魔力が少なくなったのではない。魔力が圧縮されて、密度が高くなっているのだ。

「身体に纏った魔力を極限まで圧縮する。これにより魔力は鋼に匹敵《ひってき》する硬度《こうど》まで昇華《しょうか》されるのだ。完成された『圧縮魔力』はドラゴンの鱗《うろこ》にだって引けは取らん。無論……拳に纏えば攻撃力《こうげきりょく》も跳《は》ね上がる！」

ケヴィンが圧縮した魔力を纏った拳で庭に置かれている岩を殴りつけた。すると、一撃《いちげき》で人間サイズの岩石が粉々に粉砕《ふんさい》される。まさに『拳聖』と呼ばれる男の拳撃である。

「見ての通りだ。無論、武器を使わないことのデメリットはある。自然に圧縮魔力を纏えるようになるまで、才ある者でも五年はかかるからな。だが、アドバンデージとして武器を持ち歩く必要がなく、いつでも発動できること。重さがなく身軽であることが挙げられる。重苦しい鎧《よろい》を身に着けるよりも、己《おのれ》の身一つで走ったほうが速いに決まっているだろう？」

「なるほど……さすがはお父様です！　私もいつか、お父様の域にたどり着くことができるでしょうか？」

「うむ。お前は私の娘《むすめ》だから！　あと十年もすれば一流の武闘家《ぶとうか》になれるはずだ！　そのためにも、今日も鍛錬《たんれん》に励《はげ》むぞ！」

「はい！　頑張《がんば》ります！」

親子は仲睦《なかむつ》まじく稽古《けいこ》をしている。少し離れた場所で、カイムは表情を歪《ゆが》める。

「……御《お》二人《ふたり》はまだ鍛練中のようですわ。先に屋敷に入っていましょうか？」

「ううん……いいよ。ここで見ている」

ティーの気遣《きづか》いにカイムは首を振り、武術を学んでいる双子の妹に目を向けた。

（アーネット……僕のたった一人の妹。双子の片割れ……）

アーネットの姿を見るたび、カイムはどうしようもなく虚《むな》しい気持ちに襲われる。

同じ日に、同じ母の胎《はら》から生まれた実の兄妹《きょうだい》であったが、カイムとアーネットの関係は決して良好なものではない。険悪……否、アーネットが一方的にカイムを嫌《きら》っている。

その原因は、母親のサーシャ・ハルスベルクがカイムに過保護なほど世話を焼いていたことだ。サーシャは『呪《のろ》い子』として産まれた息子の将来をとても案じていて、生前はほとんど傍《そば》を離れることがなかった。アーネットは母親の愛情を独《ひと》り占《じ》めしているカイムに憎《にく》しみを抱《いだ》いており、それは母親の死後も強くなっている。

「それじゃあ、ゆっくりでいい。身体の表面に魔力を流して圧縮していくんだ」

「はい、お父様！」

「…………」

同時に、父娘を見つめるカイムの目にも嫉妬《しっと》の感情が浮《う》かんでいる。

双子として生まれながら呪いを背負っていないアーネットに、父親の愛情を独占《どくせん》し、あ
あして武術を習っている妹に、カイムはどうしようもなく焦がれていた。

（まるで嫌がらせをしているみたいだ。僕が見ていることに気づいていないわけがないだ
ろうに……無視するくらいなら、最初から屋敷《やしき》に呼ばなければいいのに）

「よし！　次は基本的な技を教える。まずは……【麒麟《きりん》】！」

「はい、お父様！　こうですか⁉」

父親が得意げな顔で技を披露《ひろう》し、娘が真似《まね》して身体を動かした。

カイムは強い疎外感《そがいかん》を抱きながらも、二人から目を逸らすことなく稽古を見学する。

まるで視線を背《そむ》けたら負けだとばかりに、彼《かれ》らの鍛錬が終わるまで見届けたのであった。

訓練を終えた父娘は身体を清めるため、それぞれの自室に戻《もど》っていった。

その間に、カイムは母親への弔いを済ませることにする。

「ただいま、母様」

母の寝室《しんしつ》であった部屋には祭壇《さいだん》が設置されており、遺影《いえい》の肖像画《しょうぞうが》が飾《かざ》られていた。

カイムはたくさんの花が飾られた祭壇の前に跪《ひざまず》き、自分を愛してくれた唯一の家族へと弔いの祈りを捧《ささ》げる。

『呪い子』であるカイムは父親から冷遇《れいぐう》され、双子の妹からも憎まれている。使用人だって大多数が同じような態度。そんな中で、母親だけはカイムに励ましの声をかけ続けていた。

『カイム、自分のことを嫌いにならないであげてね』

『貴方《あなた》は何も悪くない。生まれてきたことが罪だなんて思わないで』

『お父様もカイムのことが憎いわけではないのよ。ただ……どう接して良いのかわからないだけ。貴方は何も悪くはない。貴方が呪われているのは貴方自身の責任ではないのよ。だから、自分のことを好きになってあげて』

「自分のことを好きになれ……難しいよ、母様」

たとえカイムが自分をどう思ったところで周囲はカイムを『呪い子』として扱《あつか》う。

母が亡くなってすぐに屋敷を追い出され、村では石を投げられる生活を送っている。

そんな状況《じょうきょう》で自分を好きになる方法なんて……カイムには見当もつかなかった。

（自分を愛してくれる家族がいたなら話が違ってくるのかもしれないけど……母様がいな

くなってから、僕は独りぼっちだ）

「がう！　カイム様、ティーがいますわ！」

「うん……あれ、君ってば僕の心を読んだ？」

「カイム様の考えなど、このティーには手に取るようにわかりますわ！　何年、貴方にお仕えしていると思っているんですの？」

「ははっ、そっか……そうだったね」

勘《かん》の良いメイドに苦笑《くしょう》しつつ、カイムは一年ぶりとなる母親との再会を済ませる。ちょうどそのタイミングで部屋に執事《しつじ》が入ってくる。厳《いか》めしい顔つきの執事が淡々《たんたん》と口を開いた。

「……お食事の準備ができました。ダイニングまでお越《こ》しください」

「いや……もう用事は済ませたし、僕はもう帰るよ」

「旦那様《だんなさま》とお嬢様《じょうさま》がお待ちです。あまり御二人を待たせませぬように」

年配の執事は一方的に言い捨てて、さっさと部屋から出て行ってしまう。カイムも間違《まちが》いなくハルスベルク家の人間なのだが……執事の態度には敬意の欠片《かけら》もなかった。

「ガルルル……無礼ですわ。何様のつもりですの、あの執事はっ！」

「いいよ、ティー……気が重いけど、夕食くらいは御馳走《ごちそう》になろうかな。あまり急いで帰るのも母様に申し訳ないし」

溜息《ためいき》を吐いて、カイムは指示された通りにダイニングに向かった。ティーを引き連れて
ダイニングに着くと、すでにそこには身体を清め終えた父娘の姿がある。

二人はカイムを待つことなく食事を始めていた。長テーブルの隅《すみ》にはカイムの分の料理
が用意されているが……父と妹からは随分《ずいぶん》と離れた位置である。

「……父上、お久しぶりです。母の弔いをさせていただき、感謝しています」

「無駄《むだ》な挨拶《あいさつ》などいらぬ……さっさと席について食え」

「はい……いただきます」

こちらを見ることすらない父に表情を歪め、カイムは席に座《すわ》って食事を始めた。

「このステーキ、美味《おい》しい！　やっぱり運動の後のごはんは格別ね！」

「これ、アーネット。あまり急いで食べるんじゃない。はしたないぞ」

「はーい、ごめんなさい。お父様！」

「………………」

元気よく食事をしているアーネットに対して、カイムの表情は重苦しいものである。

同じ食卓《しょくたく》について一年ぶりに顔を合わせた兄妹であったが、その扱いに雲泥《うんでい》の差がある
ことは誰《だれ》の目にも明らかだった。

「アーネット、料理は逃《に》げないからゆっくり食べなさい」

「お嬢様、お口が汚れていますわ」

「後ほどデザートもお持ちします。今日はお嬢様の好きな梨のタルトを用意いたしました」

「えへへへ、嬉《うれ》しいな。デザート楽しみ！」

「………………」

笑顔で食事をするアーネットの隣《となり》には父がいて、使用人が微笑《ほほえ》ましげに囲んでいる。

見せつけるように、自慢《じまん》するように、アーネットは幸せそうに食事をしていた。

(何を見せつけられているんだろう……こんな物を見せるために、僕は呼ばれたのかな？)

スプーンでスープを掬《すく》って口に運ぶが、ほとんど味がしなかった。嫌がらせで薄味《うすあじ》にしたのか、それとも、気分が落ち込んでいて味がわからなくなっているのか。

「カイム様……」

「……うん。大丈夫だよ」

後ろに立っているティーの存在に励まされながら、カイムは機械的に料理を口に運び、早々に食事を済ませるのであった。

「それでは、父上……僕はこれで失礼します」

「待て、カイムよ」

食事を終えたカイムは足早に屋敷から去ろうとするが、ケヴィンに呼び止められた。

「……最近、領民から陳情《ちんじょう》があった。お前は村の子供に石を投げたりしているそうだな？」

「……していませんよ。石を投げられたのは僕のほうです」

「黙《だま》れ！　親切にも『呪い子』であるお前を置いてくれているというのに、罪もない子供を傷つけるとは何事だ！　俺《おれ》はお前をそんなふうに育てた覚えはないぞ！」

「…………」

育てられた覚えはない。そう言い返そうとして……すぐに無駄だと悟《さと》って、首を振《ふ》る。代わりに溜息を一つ吐いて、ポツリと諦観《ていかん》の言葉を漏《も》らす。

「……父上がそう言うのであれば、そうなのでしょうね。貴方はいつだって正しい」

「何だその言い草は！　それが父親に向けての態度か！」

「くっ……！」

激昂《げきこう》して立ち上がったケヴィンはツカツカとカイムのところまで来ると、拳《こぶし》を握りしめて無遠慮《ぶえんりょ》に殴《なぐ》りつけてきた。

カイムは咄嗟《とっさ》に顔を横に傾《かたむ》けて、父親が放った打撃《だげき》を回避《かいひ》する。

「貴様……！」

「カハッ！」

一瞬《いっしゅん》、驚《おどろ》きに目を見開いていたケヴィンであったが、すぐにカイムの胴体《どうたい》を蹴《け》りつける。

今度は避《よ》けることはできず、ダイニングのドアのところまで吹《ふ》っ飛ばされてしまう。

「カイム様！」

ティーが慌てて駆《か》け寄ってきて、カイムの身体を抱き起こす。

痛みに耐《た》えながら身体を起こしたカイムに、ケヴィンが憎々《にくにく》しげに口を開く。

「どうして貴様のような『呪い子』が生まれてきたのだ。お前さえいなければ、サーシャだって長生きできただろうに……クソッ！」

「お父様！」

「旦那様……」

ケヴィンは言葉を途中で切り、グッタリとした様子で近くの椅子《いす》に腰《こし》かけた。

疲《つか》れきったような屋敷の主人の姿を見て、アーネットと使用人らが駆け寄ってくる。

「グッ……！」

使用人が、双子の妹が、まるでカイムが加害者であるかのように睨《にら》みつけてくる。

蹴りつけられたのはカイムだというのに……あまりにも理不尽《りふじん》な状況だった。

「カイム様、しっかりしてくださいな！」

「……うん、大丈夫だよ。そこまで痛くはないから」

カイムはティーに支えられながら立ち上がり、緩慢《かんまん》な動きでダイニングから逃げ出した。

「カイム様、大丈夫ですの？　酷いですわ、どうしてカイム様がこんな目に遭《あ》わなくちゃいけないんですの⁉」

「……大丈夫だよ、早く帰ろう」

心配して寄り添《そ》ってくるティーに微笑みながら、カイムは自分の身体を確認《かくにん》する。

思いきり蹴り飛ばされたように見えるが……意外なほど、身体にダメージはなかった。おそらく、絶妙《ぜつみょう》な手加減でカイムに怪我をさせないように調整したのだろう。

（さすがは『拳聖』というところなのかな？　才能の無駄遣《むだづか》いだと思うけど）

「……お待ちください、カイム様」

屋敷から出ようとするカイムだったが……後からやってきた執事が声をかけてくる。

「そちらのティーには仕事がありますので、どうか一人でお帰り下さいませ。お送りできずに申し訳ありません」

「ガウッ！　こんな状態のカイム様を一人で帰すつもりですの⁉」

嫌がらせのようなことを言ってきた執事へ、ティーが噛《か》みつくように抗議する。

「私はカイム様のメイドですわ！　帰り道を一緒にして何が悪いというのですの⁉」

「勘違《かんちが》いしないでください。貴女《あなた》は伯爵家に雇《やと》われたメイドです。奥様に拾われたご恩を忘れたのですか？」

「その奥様からカイム様を頼《たの》まれたんですわ！　どうしてカイム様をそんなに冷遇するんですの⁉　カイム様は伯爵家のご子息なのですよ⁉」

「チッ……これだから獣人は。鬱陶《うっとう》しい」

食い下がるティーに執事が大きく舌打ちした。この国では獣人が差別されており、良い扱いを受けていない。ティーが伯爵家に雇われていることは非常に幸運なことだった。

(これ以上、ティーにまで迷惑《めいわく》をかけるわけにはいかないな)

「僕だったら大丈夫だ。ティー、君は自分の仕事に戻ってくれ」

「カイム様……⁉」

「僕は一人で帰る……これで文句はないだろう？」

「……ええ、結構ですとも。お気を付けてどうぞ」

執事は小馬鹿にするように冷笑《れいしょう》しながら言い捨て、さっさと屋敷に戻っていった。

「そういうことだ。ティー、君は仕事に戻ってくれ」

「無理ですの、無謀《むぼう》ですの、無茶《むちゃ》ですのっ！　怪我をした状態で一人で帰るだなんて……！」

「大丈夫だよ。豪快《ごうかい》に蹴られたように見えたけど、実際はそれほど痛くはない。ちゃんと歩いて帰れるから」

「でも……！」

「ティー」

カイムは言い含《ふく》めるように、泣きそうな表情をした年上のメイドに告げる。

「僕は大丈夫だ。母様が愛していた屋敷のことを頼むよ」

「がうう、カイム様……！」

ティーは辛そうに唇《くちびる》を噛みしめるが……最終的には納得《なっとく》してくれた。屋敷を出て行くカイムを、涙《なみだ》をいっぱいに溜《た》めた目で見送ってくれる。

「まるで忠犬だな……犬じゃなくて虎だろう、君はさ」

カイムは苦笑しながら家路についた。すでに日は落ちていたが、空には月が浮かんでおり煌々《こうこう》と夜道を照らしている。

カイムは緩慢に……それでも、しっかりと地面を踏《ふ》んで森の小屋に帰っていくのだった。

『カイム……あなたは悪くないの』

それは母親……サーシャ・ハルスベルクと過ごした最後の記憶《きおく》。ベッドに横たわる母親にカイムは寄り添い、涙を流しながら最期《さいご》の言葉に耳を傾ける。

『貴方が産まれてきてくれて本当に幸せだった。腕《うで》に抱くことができて、成長を見届けることができて、心から幸せだったのよ。だから……何があっても、自分を責めたりしないで』

カイムは知っていた。双子《ふたご》を出産してサーシャが体調を崩し、臥《ふ》せがちになっていたことを。時折、血を吐いていたことを。

そして……その原因が、カイムの身体から無意識に発される微弱《びじゃく》な毒であることも。

カイムは血液だけではなく、吐息《といき》や体液にも毒が含まれている。健常者であれば影響《えいきょう》のない濃度《のうど》の毒だったが……身体が弱っていた母親にとって、それは死に至る病毒だった。

母は父から何度も止められていた。カイムと会わないように、触れないように。

カイムを捨てて、アーネットだけを我《わ》が子として育てるべきだと、夫のケヴィンからずっと言われていたのだ。

だけど……サーシャはカイムを捨てなかった。いくらケヴィンに言われても、娘のアーネットに縋《すが》られても、見捨てることなくカイムを傍に置き続けた。

『貴方が『呪い子』として産まれてしまったのはお母さんのせいなの。貴方は何も悪くない。だから……自分を責めないでね』

やせ細り、衰弱《すいじゃく》しきったサーシャはカイムの手を握《にぎ》って言い聞かせる。

命を削《けず》るように。残ったわずかな生命力を言葉に変えて、残される息子に言葉を託《たく》す。

『幸せになりなさい。いつか貴方の家族を見つけて、共に生きなさい』

それが母親と交《か》わした最後の会話である。

直後、サーシャは血を吐いて苦しみだし、永遠の眠《ねむ》りについた。

妻の死をカイムのせいだと断言したケヴィンは息子を追い出し、アーネットだけを自分の子供として育てるようになったのである。

○　○　○

「ふう……やっと着いた……」

生まれ育った屋敷から出て歩くこと数時間。カイムは寝泊《ねと》まりしている森の小屋に到着《とうちゃく》した。途中で何度も休憩《きゅうけい》を繰り返しての帰宅である。

「……今日はゆっくり休もう。身体がクタクタだよ」

カイムは肩《かた》を落としながら、今にも崩れそうな小屋の扉《とびら》を開いた。小屋の中にはランプなどという気の利《き》いた物は置いていない。暗闇《くらやみ》の中、記憶を頼《たよ》りにしてベッド代わりにしている木の板に向かおうとするが……カイムはすぐに足を止めた。

「誰だ……⁉」

小屋の中に何者かの気配を感じたのだ。その何者かは息を潜めているようで物音らしい物音はしないが、普段《ふだん》の自宅とは異なる空気を鋭敏《えいびん》に感じ取った。

(泥棒《どろぼう》……じゃないよね。ここには盗《ぬす》むものなんてない。村人が来るのだって有り得ない)

村人は『呪い子』であるカイムのことを忌避《きひ》しており、ここには近づこうともしないのだ。獣や魔物《まもの》が入り込んだという可能性もなくはないが……獣特有の臭いはしなかった。

「………………」

カイムは手探《てさぐ》りで薪割《まきわ》り用の鉈《なた》を手に取って、小屋の中を見回した。

「………………」

慎重《しんちょう》に、息を詰《つ》めてカイムは小屋の中に足を踏み入れる。いったい、どこに潜んでいるのか。耳を澄《す》ませ、目を凝《こ》らし、侵入者《しんにゅうしゃ》の姿を探し出そうとして……。

「へえ、思ったよりも敏感《びんかん》なんだね。驚いたよ」

「ッ……!?」

その声はゾッとするほど傍から聞こえた。いつの間にか背後に何者かが立っていて、カイムの耳元にささやきかけてきたのである。

「このっ……！」

カイムは振り向きざまに鉈を振ろうとする。しかし、そんな少年の手は背後にいた何者かによってあっさりと掴《つか》まれてしまう。

「うんうん、反応速度も悪くはない。さすがは『拳聖』の息子《むすこ》だと言うべきかな？　あまり訓練は積んでいないようだが……なかなか才能の片鱗《へんりん》を感じさせてくれるじゃないか」

背後に立っていたのは背の高い女性だった。男性物のスーツの上に白衣をマントのように纏っている。黒い髪《かみ》と眼鏡の奥の知的な瞳《ひとみ》が印象的である。

「アドバイスをするのであれば、気配に気がついていることを相手に気がつかれたら意味がない。こちらの侵入を悟ったのであれば、それを気がつかないふりをして相手の隙《すき》を突く。さもなければ逃げるのが正解だよ」

「くっ……この、放せ！」

「君がその物騒《ぶっそう》なものを離してくれたら、私も君を解放しよう。勝手に家に上がり込んだ非礼は詫《わ》びる。敵意はないんだ。武器を離してもらえないかな？」

「…………」

女性の声は穏《おだ》やかである。言葉の通り、敵意があるようには見えない。

目的は知らないが……もしもカイムを害することが目的であれば、とうに背中を刺《さ》されていることだろう。カイムは悔《くや》しそうに表情を歪めながら鉈を手放す。

「うんうん、良い子だ」

女が腕を掴む手を放す。拘束《こうそく》から解放されるや、カイムがその場から大きく飛び退《の》いた。

「お前、誰だよ……！　どうして僕《ぼく》の家にいるんだ……⁉」

「そんなに警戒《けいかい》しないでくれたまえ。まるで野生動物じゃないか」

「答えろ！」

「ああ、わかったわかった。急《せ》かさずともちゃんと名乗るよ」

噛みつくような声で詰問《きつもん》され、白衣の女性が降参だとばかりに両手を上げる。

「私の名前はファウストという。一応は……君の両親の友人ということになるのかな？」

「…………！」

驚きに目を見開くカイムに、ファウストと名乗った女性は友好的に笑いかけた。

「今日は医師として、患者《かんじゃ》であるカイム君に会いにきたんだ。十三年前に君の身体に移植した『毒の女王』の呪いがどこまで進行しているのか……私に診察《しんさつ》させてもらえないかな？」

「『毒の女王』……移植……？」

わけが分からない。カイムは眉《まゆ》をひそめる。

疑問符《ぎもんふ》を頭に浮かべているカイムに、ファウストは「なるほどね」と苦笑する。

「自分の身体を蝕《むしば》んでいる呪いについて、両親からどこまで教えてもらっているのかな？」

「…………特に何も」

「子供に教えるには忍《しの》びなかったのか……あるいは、責められるのが辛かったのかな？」

ファウストがゴソゴソと荷物を探《さぐ》り、中からランタンを取り出した。真っ暗だった部屋がランタンの明かりでオレンジ色に照らされる。

「君も座りたまえよ。話をしてあげよう。君の身体を蝕んでいる呪いについて」

「……ここ、僕の家なんだけど？」

ファウストが我が物顔で木の板に座る。寝床《ねどこ》として使っているスペースを占領《せんりょう》されたカイムは顔をしかめるが、拒《こば》むことなく隣に座った。目の前の怪《あや》しい人物を信頼《しんらい》しているわけではなかったが、話の内容……自分の身体の呪いについては大いに興味があった。

「あ、お茶とかあるかな？　ちょっと喉《のど》が渇《かわ》いたんだけど？」

「本当に図々《ずうずう》しいなあ！　そっちの瓶《びん》に入っているから勝手に飲んでよ！」

「あ、あるんだ。ダメもとで聞いたんだけどね」

ファウストが地面の上に置かれた瓶を手に取った。蓋《ふた》を開いて中の液体の匂《にお》いを嗅《か》いで……驚いたように目を瞬かせる。

「へえ、面白《おもしろ》いお茶だね？　これは君が淹《い》れたのかい？」

「……お茶じゃなくてその辺で摘《つ》んできた草だよ。不味《まず》いけど、飲むと調子が良くなるんだ」

「うんうん、これは『癒《いや》し草』というポーションの材料にも使われる薬草だね。これを薬《くすり》茶《ちゃ》に煎《せん》じて飲んでいるとは、なかなか良い趣味《しゅみ》をしている」

拾ってきた酒瓶《さかびん》に入れられた濁《にご》った水……とても『お茶』とは呼べないそれを、ファウストは躊躇《ためら》いなく口にする。ゴクゴクと飲み、苦みを楽しむように目を細める。

「うん、不味いね。だけど気にすることはない。『良薬は口に苦し』とも言うし、健康に良いものというのは口当たりは悪い物さ。もてなしに感謝するよ」

「………………」

もてなしたつもりはない。勝手に家に入ってきて、勝手に茶を飲んでいるのだ。

「それで……僕の身体について診察したい、というのはどういうことだ？」

ファウストは自分のことを『両親の友人』であると名乗った。母の友人であるというのであれば信じていいが、父の友人に心を開くことなどできない。

「それに……貴女は言ったよね？　僕の身体に『呪いを移植した』って。それはいったい、どういう意味なのかな？」

呪いを移植……それはとてもではないが聞き流せることではなかった。

カイムは自分の身体を冒《おか》している『毒の呪い』が生来のものであり、流行《はや》り病のように偶然《ぐうぜん》に罹《かか》ってしまったものだとばかり思っていた。だが、『移植』という言葉を使うからには、ファウストが意図的に自分の身体に呪いを埋め込んだことになってしまう。

（もしもそうだとしたら……僕はこの人をきっと許すことはできない……！）

自分の人生に影《かげ》を落とした元凶《げんきょう》。それが何者かの意思によるものだとすれば、その誰かを許すことなどできるものか。

（どんなことをしてでも、絶対に殺してやる……！）

「そんなに殺気を向けないでくれ。事情を説明することも、君に会いにきた理由なんだから」

ファウストは困ったように笑って、手に持っていた瓶を地面に置く。

まるで敵意のない気楽な笑顔《えがお》。まるでこちらの心の隙間《すきま》に入り込むような態度に、カイムはほぐらかされたような感覚を抱いた。

「さて……君の身体に宿った呪いなのだが、その大元になっているのは『毒の女王』という名前の『魔王級《まおう》』の魔物なんだよ」

「…………」

『毒の女王』。先ほども聞いた単語である。思い返してみれば、カイムのことを迫害《はくがい》していた村人もそんな単語を口走っていたような気がする。

「……本当に君の両親は何も教えていないんだね……無責任なことだ」

「……どういう意味ですか？」

「君が呪いに侵《おか》されている原因はその『毒の女王』であり、そして君の両親でもあるということだよ。無論、この私もまた原因の一つであるので恨《うら》まれる義務があるのだけどね」

ファウストが語り出したのは十三年前のことについて。カイムとアーネットの双子の兄妹が生まれる少し前の出来事である。

かつて、この国――ジェイド王国北部に『毒の女王』という『魔王級』の魔物が現れた。

『魔王級』というのは魔物の強さを示す等級の一つであり、下から平民級、騎士《きし》級、男爵《だんしやく》級、子爵《ししゃく》級、伯爵《はくしゃく》級、侯爵《こうしゃく》級、公爵《こうしゃく》級、魔王級というふうに上がっていき、上の階級になるほどに強さや危険度が増していく。魔王級ともなれば国を滅《ほろ》ぼしうる災害である。

現れた災厄《さいやく》。『毒の女王』からジェイド王国を救ったのが、当時『最強』と呼ばれていた冒険者パーティー……『神鉄の拳』だった。

『拳聖』であるケヴィンをリーダーとした『神鉄の拳』を中核《ちゅうかく》とした討伐《とうばつ》隊は多大な犠牲《ぎせい》を払《はら》いながら、『毒の女王』の討伐に成功したのである。

討伐隊のリーダーであるケヴィンは報酬として、『伯爵』に叙《じょ》されて領地を受け取った。他の参加者も多大な恩賞を国王から与えられたそうだ。

「しかし……そんな栄光と引き換《か》えに背負ってしまった不幸があった。『毒の女王』にとどめを刺した女性、ケヴィンの妻であるサーシャが呪いを受けてしまったのさ」

ファウストは落ち着いた口調で言葉を紡《つむ》ぐ。砂に水が染《し》み込むように、ファウストの声は自然とカイムの脳に入り込んでいく。

「『毒の女王』が最後に繰《く》り出した呪いは強力で、サーシャはいつ死んでもおかしくない身体になってしまった。どんな医者も魔《ま》法使《ほうつか》いも治すことは叶《かな》わない。ゆえに私は医師として彼らに提案した。サーシャが孕《はら》んでいた双子の片割れに呪いを移してはどうか……とね」

「それは、まさか……！」

「君のことだよ、カイム・ハルスベルク君。君は両親の意思によって『毒の女王』の呪いを移植されたのさ。母親と双子の妹が生き延びるためにね」

「…………！」

カイムは息を呑《の》んで言葉を失う。もしもファウストの言葉が真実であるとすれば、カイムが『呪い子』として生まれてきたのは自分のせいではない。運が悪かったからでもない。

（母様が、そして『あの男』が悪かったって言うのか……⁉）

サーシャが生前、まるで懺悔《ざんげ》でもするように謝罪の言葉を繰り返していたが、あれは呪いをカイムに押《お》しつけたことについて謝《あやま》っていたのか。

「そんなのって……そんなのって、ないじゃないかっ！」

カイムは思わず声を荒《あら》らげた。立ち上がり、胸から込み上げてくる感情をぶちまける。

「僕はこれまで『呪い子』に生まれたせいで責められてきたんだ！　それなのに……僕じゃなくて両親が原因だったなんて、そんな酷《ひど》い話はあんまりだ！　だったら、僕はこれまでどうしてみんなに責められてきたんだ⁉　石を投げられて、悪口を言われてきたんだよ⁉」

「……君は何も悪くはない。悪いのは両親と私だ」

少年の嘆《なげ》きを受け止め、ファウストは頭を下げる。

「私は医師として、一つでも多くの人命を救えるように最善を尽《つ》くした。だが……君一人に重荷を背負わせてしまったことは心から申し訳ないと思っている。本当に済まなかった」

「…………！」

真摯《しんし》に、誠実に謝罪するファウストにカイムは奥歯《おくば》を噛みしめた。

カイムももう十三歳《さい》。分別の付き始める年齢《ねんれい》である。ファウストが悪いわけではないのは理解できるのだが……だからといって、許すこともできなかった。

頭を下げられたくらいで許せるほど、カイムがこれまで味わってきた悪意は軽くない。

「だから、せめて君の『主治医』としての責任を取らせてもらいたい。私は君を救うためにここにやって来たんだ」

「救う、だって……？」

思わぬ言葉を反芻《はんすう》すると、ファウストが顔を上げてカイムの顔を真っ向から見る。

「君にかけられた『毒の女王』の呪いを解く手段がある。十三年前にはできなかったことだが、今の君であればどうにかできる。どうか私に君を助けさせてもらえないかな？」

「こんなことを言うと、また君は腹を立てるだろうが……十三年前、私は君を死なせるつもりで『毒の呪《のろ》い』を移植したんだ」

カイムが暮らしている小屋には家具などという上等なものはない。眠るときは地面に木の板を置き、獣《けもの》の皮にくるまって眠っていた。

カイムはそんなベッドとも呼ぶことができないほど質素な寝床に、上半身裸《はだか》で横になっている。すぐ傍《かたわ》らにファウストが膝《ひざ》をついて座っており、カイムの身体を診察していた。

「『毒の女王』は最強の魔物。名前の通りに毒を操《あやつ》る能力を持った彼女《かのじょ》によって、十三年前の戦いでは数千の人間が犠牲になった。傷跡《きずあと》は今もなお王国北部を蝕んでおり、この近辺に住んでいる人間が君に見当違《けんとうちが》いな憎しみをぶつける原因にもなっている。そんな呪いを移植されて、胎児《たいじ》の君が生き残れるだなんて完全に予想外だった」

ファウストの掌《てのひら》がカイムの身体を撫《な》でた。ゆっくりとした手つきで、紫色《むらさきいろ》のアザがあちこちに刻まれているカイムの肌《はだ》を触診《しょくしん》していく。

『毒の呪い』によって、カイムの全身には紫《むらさき》のアザが浮かんでいる。村の子供達《たち》から忌避され、石を投げられる原因にもなっている『呪い子』の証だった。

「しかし、君は生きて産まれてきた。毒に臓器を蝕まれているせいで咳《せき》や吐血《とけつ》はあるかもしれないが、『女王』の呪いを受けてまともに動けることの方が異常なことだ。かつて賢者《けんじゃ》と呼ばれていたサーシャだって、半年と保たずに命を落としかけていたくらいなのにね」

「つまり……何が言いたいんだよ。ハッキリ言ってくれないか？」

「君は『女王』の呪いに対して抵抗力《ていこうりょく》を有している、という話だよ。生まれ持ったものなのか、呪いを移植されたことで後天的に獲得《かくとく》したものなのかはわからない。だけど……君ならば体内に打ち込《こ》まれた呪いを克服《こくふく》できるかもしれない」

寝転《ねころ》がったカイムを見下ろして、ファウストはそんなことを口にした。

ファウストの右手に青白い魔《ま》法陣《ほうじん》が浮かんでおり、空中に幾何学的《きかがくてき》な文様を描《えが》いている。

「精神に干渉《かんしょう》して『呪い』と相対させる魔術《まじゅつ》だ。十三年前は使うことができなかった。使えたとしても、おそらくサーシャには耐えることができなかった手段だよ。この魔術により、君は己《おのれ》の中にある『呪い』と向き合うことになる。体内の『呪い』と相対して打ち破ることができれば、逆に『呪い』を己の力として吸収することができるはずだ」

「……僕は『呪い子』じゃなくなるってことかな？　この不気味なアザが消えて、毒の血を吐《は》いたりしない普通《ふつう》の子供になれるってこと？」

「毒の力が消えるわけではないだろうけど……少なくとも、君自身を蝕むことはなくなるだろう。血を吐いたりはしないし、虚弱体質《きょじゃくたいしつ》だって治るはずだ」

「…………」

「今は呪いに耐えているが、いつ均衡《きんこう》が破れるかはわからない。臓器もだいぶ傷《いた》んでいるようだし……自分の境遇《きょうぐう》を変えたいのであれば、試《ため》してみる価値はあると思うけど？」

「……やるよ。やってくれ」

カイムは答える。ほとんど考えることなどなかった。

肉体を蝕んでいる呪い。不幸の元凶を消し去ることができるのであれば、悪魔《あくま》にだって魂《たましい》を売ってもいい。目の前に転がってきたチャンスを見逃《みのが》す理由などない。

「僕は呪いを克服するんだ……呪いを破って、普通の身体を手に入れて、そして……！」

「そして……なんだい？　やりたい事でもあるのかな？」

「……ううん、何でもない」

カイムは心に秘《ひ》めていた願いを口に出すことなく飲《の》み込んだ。漠然《ばくぜん》とした予感だったのだが……口から外に出してしまえば、その願望が軽くなってしまうような気がした。

「呪いが治ったら話すよ。僕はいつでもかまわない。早くやってくれ」

「ふうん？　まあ、覚悟《かくご》ができているようならば何よりだ。それじゃあ……始めようか」

「ッ……!?」

ファウストが右手に浮《う》かんだ魔法陣を、カイムの胸に打ち込んできた。

瞬間《しゅんかん》、身体の中に熱で溶《と》かした鉄を流《なが》し込まれたような灼熱《しゃくねつ》が押し寄せてくる。

「グッ……アアアアアアアアアアアアアアアアアッ⁉」

身体を内側から焼いてくる熱に堪《た》えきれず、カイムが絶叫《ぜっきょう》を上げる。

チカチカと目の前に白い火花が弾《はじ》け、少年の意識は光の中へと飲み込まれていった。

○　　　○　　　○

「ここは……いったい、何処《どこ》なのかな？」

気がつけば、カイムは見知らぬ場所を漂《ただよ》っていた。

周囲を白い空間で囲まれている。まるで水中にいるような感触《かんしょく》だが……息苦しい感じはしない。呼吸はちゃんとすることができている。

「ん……？」

一面が真っ白な空間だったが……ふと別の『色』が生じた。白い布に落ちた汚《よご》れのような点。やがてそれは徐々《じょじょ》に大きくなっていき、壁《かべ》となってカイムの前に立ちふさがる。

「これって……もしかして、呪いのアザなのか⁉」

目の前にある壁の色はどす黒い紫色。身体に浮かんだアザと同じ色をしていた。

「これが……僕の身体に宿った、『毒の女王』の呪いなのか……？」

「まさかそちらの方からやってくるとは……あの外法《げほう》の魔術師《まじゅつし》め。余計なことをしおって。げに忌々《いまいま》しいことよ」

「誰だっ……!?」

紫の壁の中から声が響《ひび》いてくる。

ゴポリと音を鳴らしながら……水面に顔を出すようにして、壁から一人の女性が顔を出す。両手を使ってズリズリと壁から這《は》い出してきて、裸の上半身が露《あら》わになる。

その女性は二つの色によって構成されていた。

一つ目は『白色』。女性の肌は紙のように白くて透《す》き通るよう。まるで生まれてから一度として日光を浴びたことがないようにシミや日焼けの痕《あと》すらない。剥《む》き出しの乳房《ちぶさ》は若いカイムにとって目に毒だったが……視線を背《そむ》けることを許さない美しさがある。

二つ目は『紫色』。女性は肌以外のほぼ全ての部位を紫で染めていた。髪、瞳、唇、舌……肉体のあちこちが紫色で染まっており、見つめていれば頭がおかしくなってしまいそうなほどおどろおどろしい色彩《しきさい》をしている。

「『毒の女王』……！」

直感的に悟った。彼女こそが『毒の女王』。かつて魔王と呼ばれて恐《おそ》れられ、ジェイド王国北部を絶望の淵《ふち》に追いやった最強の怪物《かいぶつ》。

カイムの身体を冒している呪いの大元にして、元凶たる存在だった。

「僕は『毒の女王』の呪いに冒されていたんじゃない……『毒の女王』そのものに寄生されていたんだ……！」

「その通りよ、小僧《こぞう》。ようやく気付いたようじゃのう」

目の前の不気味な美女――『毒の女王』が唇をつり上げて笑う。

「妾《わらわ》は不死の存在。死しても甦《よみがえ》る神格の魔性《ましょう》じゃ。肉体が滅んだとしても、殺した相手の身体を毒で冒して奪《うば》い取る……そうして、数百の齢《よわい》を重ねてきたのじゃよ」

「……………！」

「あの魔術師の介入《かいにゅう》によって貴様の母の肉体は奪い損《そこ》ねたが……代わりに、息子の身体をいただくとしよう。こうして魂に干渉されるのは予想外じゃが、この機会は存分に利用させてもらう。小僧、妾に肉体を差し出すがいい！」

『女王』がカイムに向けて手をかざす。すると、紫の壁がまるで触手《しょくしゅ》のように変形して、カイムに襲《おそ》いかかってきた。

「クッ……このっ！　やめろ、近寄るな！」

カイムは必死になって抵抗《ていこう》する。

白い空間を移動して攻撃《こうげき》を避《よ》け、躱《かわ》すことができなかった触手は殴りつけて破壊《はかい》した。

「ほう？　これは驚いた。何もできぬ小僧かと思いきや……なかなか動けるではないか」

「家を追い出されてから一人で生きてきたんだ！　簡単にやられてたまるか！」

母親が亡《な》くなって家を追い出されてから、カイムは秘《ひそ》かに自分を鍛《きた》えていた。

呪いのせいで突発的《とっぱつてき》な咳や吐血に襲われることはあるものの……比較的《ひかくてき》調子が良い日を狙《ねら》って拳を振るい、鍛錬《たんれん》をしてきたのである。

「ウアアアアアアアアアアアアッ！」

カイムは襲いかかってくる紫の触手に拳を叩《たた》きつけた。

大嫌《だいきら》いだが、誰《だれ》もが認める最強の武人である父親の動きを模倣《もほう》し、見よう見まねで触手を殴る。その打撃は思いのほかに鋭《するど》く、『女王』が驚くほどに洗練されていた。

「ふむ……なかなかに面白き小僧よ。じゃが……」

「ッ……⁉」

『女王』がパチリと指を鳴らした。その瞬間、触手が動きを変える。

紫の壁から出てくる触手が無数の針となり、カイムの身体を一斉《いっせい》に貫《つらぬ》いた。

「カハッ……⁉」

「これにて終《しま》いじゃ。神にも比肩《ひけん》する妾を相手にして、よくぞ頑張《がんば》ったと褒《ほ》めてやろう」

「クッ……ううっ……」

全身を針で貫かれ、カイムが苦悶《くもん》の声を漏らす。抵抗しようにも手足を動かすことができない。手足から、胴体から、全身のあらゆる部位から痛みが湧《わ》き出してきた。

「さて……それでは身体をもらい受けるとしよう。『毒の女王』の復活じゃ！」

「グッ……アアアアアアアアアアアアアアアッ！」

身体に刺さった触手の針を通じて、『女王』がカイムの身体に毒を流し込んできた。

痛み、苦しみ、痺《しび》れ、熱さ、冷たさ……呪いの毒によってあらゆる種類の苦痛を与《あた》えられて、カイムは肺の中の空気を残らず叫《さけ》びに変えて吐き出した。

こんな痛みを与えられるくらいなら死んだ方がマシだ。一秒でも早く苦痛から逃《のが》れたい。

カイムは苦痛から逃れるために意識を手放しそうになる。

「…………!?」

しかし……そこでふと、気がついた。

毒の呪い……圧倒的《あっとうてき》な苦しみと絶望に混じり、別のものが触手を通じて流れ込んでくる。

（これはもしかして……『毒の女王』の記憶なのか？）

そう、それはまさしく目の前の怪物の記憶だった。

カイムの肉体を乗っ取るために精神や記憶を流し込んだことにより、カイムは『毒の女王』の過去を目の当《ま》たりにすることになったのだ。

『毒の女王』は五百年ほど前、大陸南方にある小国によって生まれた。

生まれながらに『毒の呪い』を操る異能を有していた彼女は、国に雇われ、隣国《りんごく》との戦争に参加させられることになる。

圧倒的な力によって敵軍を粉砕《ふんさい》して、やがて英雄《えいゆう》と呼ばれるようになった。国王が、貴族が、民衆が……ありとあらゆる人間が彼女の功績と力を称賛《しょうさん》した。

嬉《うれ》しかった。誇《ほこ》らしかった。

祖国の役に立つことが、愛する人達の未来を守れることが、何よりも嬉しい。

彼女は誇りを胸にしながら戦い続け、やがて祖国を勝利に導くことになったのである。

だが……彼女の栄光の人生はそこまでだった。戦争が終わって用済みになった途端《とたん》、周囲の態度が一変したのである。

『邪悪《じゃあく》な怪物を殺せ！』

『あの女は魔女《まじょ》だ、魔女を火炙《ひあぶ》りにしろ！』

これまで救ってきた人々が、戦争が終わった途端に態度を翻《ひるがえ》して彼女のことを殺害しようとした。忠誠を捧《ささ》げてきた国王でさえ、兵を送り込んで彼女を始末しようとした。

『私が何をしたというのですか⁉　何も悪いことなんてしていないではありませんか！』

『黙《だま》れ、魔女が！』

『お前のような娘《むすめ》を持った覚えはない！』

『死んでしまえ、一族から呪われた魔女が生まれたなんて恥《はじ》だ！』

家族や友人までもが彼女を責めた。

彼女のことを『魔女』と呼び、石を投げ、剣《けん》や槍《やり》を向けて殺そうとしてくる。

『どうして私がこんな目に……私は悪くない、私は大切な人を守っただけなのに……私は、わたしは、わらわは……ああ、アアアアアアアアアアアアアアアアアッ！』

そんな絶望が、孤《こ》独《どく》が、彼女を『魔王』にした。

新たな魔王――『毒の女王』となった彼女は、怒《いか》りのままに、憎悪《ぞうお》のままに、生まれ故郷を滅亡《めつぼう》に追いやったのである。

勇者に、魔術師に、神官に……『女王』となった彼女は時に殺害されることはあったものの、『魔王』になったことで不死の存在となっていた。

自分を殺した人間に呪いをかけ、その身体を乗っ取ることで永遠の命を得たのだ。

後に封印《ふういん》されて世界から一時的に消えることになったものの……『毒の女王』は自分を裏切った人類に対して、永劫《えいごう》に渡《わた》る復讐《ふくしゅう》の権利を与えられたのである。

意図せず『毒の女王』の記憶を読み取ってしまい、カイムは大きく表情を歪《ゆが》めた。

カイムの心を苛《さいな》んでいるのは、他人の絶望を強制的に共有させられたことによる苦しみではない。むしろ……その逆である。

「同じじゃないか……僕と、僕がこれまで味わった苦しみと、一緒《いっしょ》じゃないか……！」

カイムが『毒の女王』に対して抱《いだ》いていたのは……共感と同情だった。

迫害の程度。立場や境遇の違《ちが》いはあるものの……自分に非のないことを理由に他人から悪意をぶつけられ、家族から裏切られた境遇はカイムの現状と一緒だった。

ファウストの話を聞いて、カイムは『毒の女王』に対して激しい怒りと憎《にく》しみを抱いていたはずである。しかし、彼女と記憶を共有したことにより、その考えは一変していた。

得体の知れない化け物である『毒の女王』は孤独で哀《かな》しい女性でしかない。彼女は怪物なんかじゃない。自分と同じ孤独と絶望に苛まれた人間だったのである。

「……無理だ。僕はもう彼女と戦えない」

呪いを打ち破るという目的を達成することは、もはや不可能である。カイムはもう『女王』に敵意を向けることができない自分の心を自覚してしまったのだから。


「ッ……！」

「う……アアアアアアアアアアアアアアアアアアアッ！」

しかし、異変が生じたのは『毒の女王』の方も一緒だった。

カイムを針で縫《ぬ》い留《と》め、自分の記憶を流し込むことで身体を乗っ取ろうとしていたはずの『女王』であったが……彼女も頭を抱《かか》えて絶叫を上げたのである。

「ううっ……小僧、貴様……貴様は……！」

「……貴女《あなた》も見たんですね。僕の記憶を見てしまったんですね？」

カイムはすぐに気がついた。瞳に涙を溜《た》めてこちらを睨《にら》んでくる『女王』が、自分の記憶を読み取ってしまったことに。カイムの身体を乗っ取るために精神をつなげたことで、『女王』の方にもカイムの記憶が流れ込んでいたのである。

『女王』は幾度《いくど》となく他者の身体を奪ってきた。奪ってきた相手は、いずれも『魔王級』である彼女を打ち破ることができる英雄。恵《めぐ》まれて祝福された人生を送っていた者達である。

だから、躊躇いなく乗っ取ることができた。持たざるものだった『毒の女王』にとって、自分が持っていないものを有した人間の肉体を奪うことは一つの復讐でもあった。

だが……カイムは違う。カイムも『女王』と同じように持たざる者。孤独と絶望に苛まれた者だった。

「僕はもう、貴女と戦えない……」

「…………」

『女王』は無言だったが、同じ気持ちであることはわかる。その証拠《しょうこ》に、先ほどまでカイムの身体を刺し貫いていた触手の針がいつの間にか消えていた。

「僕は貴女に消えて欲《ほ》しくない。だけど、出来ることなら自分が消えたくもない」

「…………」

「だから……こういうのはどうかな？」

カイムは『女王』に一つの提案をした。

『女王』は相変わらず無言だったが……沈黙《ちんもく》から肯定《こうてい》の意思が伝わってくる。

「……考えても見れば、貴女はずっと僕と一緒にいてくれたんですよね。母が死んで、家を追い出されてしまった僕のそばには、ずっと貴女がいてくれた……」

カイムはつぶやいて、『女王』の前に移動する。手を伸《の》ばし、彼女の顔に触《ふ》れた。

「……妾は」

『女王』はつぶやく。言葉の先は空気に溶けるようにして消えてしまい、形になることはなかったが……それで十分だった。

『毒の女王』はカイムの手を拒むことなく、彼女もまた少年の胸に手を伸ばしてきて……

次の瞬間、二人の身体が重なり合う。

「…………！」

白と紫。空間を支配していた色が混じりあい、溶けあって一つになっていく。

まばゆい閃光《せんこう》が空間を満たしていき、その先に残ったものは……。

○　　○　　○

意識が引き戻《もど》される。

「へえ、これは驚《おどろ》いたな。こういう結果になるのか」

目の前にあるのは見慣れた天井《てんじょう》。カイムが暮らしている森の奥《おく》の小屋。みすぼらしく、雨の日には水が漏《も》れてくる穴の開いた天井がそこにある。

「…………」

「とても面白い結果だ。君はいったいどちらなのか……訊《き》いてもいいかな？」

「……ファウスト」

カイムは身体を起こして、自分の状態を確認《かくにん》する。上半身裸の身体からは紫色のアザが消えていた。紙のように白かった肌は適度に日焼けした健康的なものに変わっている。

身体はかつてないほど調子が良い。息苦しさや咳の衝動《しょうどう》なども消えている。まるで生まれ変わったようだった。

「僕は……妾は……？」

だが……身体に違和感《いわかん》がある。調子は絶好調なのに、何かが噛《か》み合っていない感触があるのだ。

首を傾げていると……ファウストが魔法《まほう》で生み出した鏡を眼前に差し出してきた。

「あ……」

鏡の中には見慣れない人物が映し出されていた。

基本的な目鼻立ちはカイムのものと同じである。しかし、顔立ちが全体的に成長して大人のものになっている。

髪の色は灰から紫に変わっており、瞳の色も同じだった。『毒の女王』のような毒々しい紫ではなく、アメジストのように鮮《あざ》やかな紫色である。

そして、何よりも顔面に浮かんでいた紫色のアザが消えていた。魔法の鏡には、やや中性的な顔立ちながら精悍《せいかん》な美青年が映し出されていた。

「大人になっているのか。もしかして……」

試しに立ち上がってみると……十三歳だった頃《ころ》よりも背丈《せたけ》が頭二つ分近くは高くなって

おり、骨格もしっかりして筋肉がついていた。

「さて……状況《じょうきょう》を確認できたところで、もう一度尋《たず》ねようか。君はカイム・ハルスベルクなのかな？　それとも、人類の敵である『毒の女王』なのかな？」

ファウストが再度問いかけてきた。少し前まで自分よりも背が高かったはずのファウストの顔が、視線よりもやや下の位置にある。

カイムはメガネをかけたファウストの顔を見下ろして……口を開いて名乗りを上げた。

「僕は……違うな。俺の名前はカイム。『毒の王』だ」

「『毒の王』……確かに、今の君を『女王』と呼ぶことはできないね」

カイムの顔をのぞき込み、ファウストはニンマリと笑う。まるで最良の実験結果を得た研究者のような満足げな表情である。

「過去に別の『魔王級』と遭遇《そうぐう》したことがあるけれど、君の瞳《ひとみ》は彼《かれ》らとは明らかに異なっているよ。人類への憎しみや恨みがまるで感じられない」

「そうなのか？　自分ではよくわからないんだが……？」

「『女王』と対話する前、君の瞳は酷く濁ったものだった。境遇への不満、恵まれた他者への妬《ねた》み、自分を迫害する世間に対する底無しの恨み。そこに劣等感《れっとうかん》や卑屈《ひくつ》さが混じった色をしていた。だけど……今の君の目からはそれが消えている。口調も変わっているみたいだし、肉体だけじゃなくて精神も成熟しているようだね」

「そうなのか？　自分ではよくわからないが……？」

カイムは首を傾げながらも、スッと胸に何かが落ちてくるのを感じていた。

明鏡止水《めいきょうしすい》とでも呼べばいいのだろうか。今のカイムの心の内は自分でも驚くほどに澄《す》み渡っていた。それまで抱いていた暗い感情が吹き飛《ふ》ばされている。まるで心の中を爽《さわ》やかな風が吹き抜《ぬ》けていくようだ。

口調が変わっていることについては特に気にならない。どうでも良かった。

「『彼女』と融合《ゆうごう》したことが原因かな？　母が亡くなってから……いや、母が生きていた頃でさえ味わったことがないほど気分が良い。まるで生まれ変わったようだよ」

「ふうん？　異なる性質を持った二種類の毒が混じり合って中和されたのか。それとも、マイナスとマイナスが掛《か》け合わされてプラスに転じたのか……君への興味は尽きないね」

「興味が尽きないのなら、どうするつもりだ？　実験動物にでもするつもりかよ？」

揶揄《からか》うような口調のファウストに、カイムもまた冗談《じょうだん》半分に言ってやる。

「俺はアンタに感謝している。『僕《ぼく》』に呪いを移したことだって怒《おこ》ってないし、恩人だとさえ思っている。だけど……敵対するのであれば容赦《ようしゃ》をするつもりもないぞ？」

カイムが手をかざすと、毒々しいまでに紫色の魔力《まりょく》が集まっていく。『毒の女王』から引き継《つ》いだ異能。毒を操る魔法は今やカイム自身に宿っていた。

「俺はこれから、自分の望みを叶えにいく。『僕』と『彼女』、それに『母』の願いを叶えるために生きることを決めた。それを邪魔《じゃま》するのであれば……ここで潰《つぶ》す」

「面白いことを言ってくれるじゃないか。その願いとやらを聞かせてもらえるかい？」

ファウストが降参するように両手を上げた。カイムは胸を張って堂々と答えた。

「家族を作る。それが俺の……『僕』らの願いだ」

「家族……？」

「裏切ることのない家族。一緒にいるのが当たり前で、助け合って、笑いあって、時々ケンカもして……だけど相手を憎んだりは絶対にしない。そんな家族を探しにいく。子供に暴力を振《ふ》るう父親じゃない。双子《ふたご》の兄を忌《い》み嫌《きら》う妹じゃない。真の家族を迎《むか》えにいくんだ」

「フフッ……」

カイムの答えを聞いたファウストが失笑《しっしょう》する。口元を押さえて、肩《かた》を揺《ゆ》らして笑った。

「フ、ククク……いいね。実に素晴《すば》らしい願いだよ」

「……ひょっとして、馬鹿にしているのか？」

「していないとも。心から立派な願いだと思うよ」

ファウストはなおもニヤニヤと笑いながら、愉快《ゆかい》そうな表情でズレた眼鏡を押し上げる。

「それが君の目的だというのなら、しばらくは放置して問題なさそうだね」

「ん……どういう意味だ？」

「『女王』を手に入れたことで、君は良かれ悪《あ》しかれ、多くの人間を引きつけることになるだろう。その中には、君の存在を危険視して消そうとする人間もいるだろうね」

「そのときは容赦しない。絶対に俺の目的は邪魔させない」

「そうかい？　だったら……特に『聖霊《せいれい》教会』にはくれぐれも気をつけたまえ。彼らは魔王を敵視している。君の存在を知れば、何らかのアクションをとってくるはずだ」

「聖霊教会……」

「この地を去るつもりなら、東の帝国《ていこく》に向かうといい。あの国は教会の影響力《えいきょうりょく》が弱いからね」

「…………」

ファウストの言葉にカイムは考え込む。カイムは父親の影響力のあるこの土地から出て行き、自分の家族となる人間を探すつもりだった。

（この国は『毒の女王』によって大きな被害《ひがい》を与えられた。俺のことを知れば、敵視してくる人間も多いだろう）

ならば、いっそのことファウストが言うとおりに他国に行ってしまった方がいいのかもしれない。カイムはハルスベルク領から出た経験はないが、今は『女王』の記憶《きおく》や経験を引き継いでいる。一人旅くらい問題なくできるだろう。

「そうだな……そうするか。子供の頃に母に読んでもらった物語のように、冒険《ぼうけん》をしてみたいという気持ちはある」

「旅は良いものだよ。私も大陸中、ほとんどの場所に行ったけど、見知らぬ地への旅は心が躍《おど》る。だけど……その前に『毒の女王』の力を確認しておいた方がいいんじゃないかな？」

「確認……そんなものが必要か？」

「必要なはずだ。いかにカイム君が『毒の女王』の力や経験を引き継いでいるとはいえ、実戦経験は少ないだろう？　旅に出る前に、腕試《うでため》しをしておいて損はないと思うがね」

「それは一理あるかもしれないが……腕試しって、誰と戦えばいいんだよ。まさか、アンタが相手をしてくれるというわけじゃないんだろ？」

「それはそれで愉《たの》しそうだが……私よりもふさわしい相手がいる」

ファウストがニンマリと笑ったかと思えば、唐突《とうとつ》にカイムの手を握《にぎ》ってきた。

「なあっ⁉」

瞬間、周囲の気配が一変した。カイムとファウストは一瞬《いっしゅん》で見知らぬ場所……もっと言えば、その上空に転移していたのである。

「う……わああああああああああっ⁉」

地表から数十メートルの高さに投げ出され、カイムはあまりの異常事態に叫んでしまう。

眼下には平原が広がっており、蠢《うごめ》く無数の影《かげ》があった。

「ほら、下に魔物《まもの》の群れがいるだろう。これまで君の毒を恐れて森に隠《かく》れていた魔物だ。こんなこともあろうかと特殊《とくしゅ》な薬で興奮させておいた。放っておけば近隣《きんりん》の村に押し寄せることだろう。雑魚《ざこ》ばかりだが数だけは多い。力を測る相手としては申し分ないだろう？」

「だからってこんな……うおおおおおおおっ⁉」

重力に引っ張られ、カイムの身体が地表に向けて落下していく。落ちているのはカイムだけ。飛行の魔法でも使っているのか、ファウストは宙に浮いたまま落ちることはなかった。

「ああ、そうだ。言い忘れるところだったよ」

落下していくカイムに、ファウストは思い出したように口を開く。

「君の母親――サーシャはカイム君に強い罪悪感を抱いていたが、愛情は偽《いつわ》りじゃなかった。カイム君が呪いを受けながらも生きて産まれたとき、泣きながら神に感謝していたよ」

「ッ……！」

「それじゃあ……達者でね。一人の友人として君の息災と活躍《かつやく》を祈《いの》っているよ」

「そんな勝手な……だあああああああああああっ⁉」

ファウストの声を聞きながら、カイムは地面に向かって墜落《ついらく》していったのである。

「クッ……このおおおおおおっ！」

地面に向けて落下していたカイムは空中でクルリと回転し、両足で綺麗《きれい》に着地する。

「ッ……！」

足に魔力を集中させることで落下のダメージを軽減させる。以前のカイムであれば両足を骨折していたところだが……脚《あし》が痺れた程度で大きな怪我《けが》はない。

「強引《ごういん》なことをしやがって……今度会ったら、ぶん殴《なぐ》ってやる！」

「ガアアアアアアアアッ！」

「あ？」

森の開けた場所に落ちたカイムであったが、周囲を無数の魔物に囲まれていた。数は少なく見積もって百以上。カイムを取り囲んでいたのは狼《おおかみ》や熊などの獣型の魔物。カイムは己の中にある『毒の女王』の記憶から、彼らの強さをおおまかに判定する。

「……等級としては『騎士《きし》級』、それに『男爵《だんしやく》級』というところか？『魔王《まおう》級』に比べるとゴミみたいなものだが……まあ、準備体操の相手には十分かな？」

ファウストの言うとおりにするのは癪《しやく》だったが、『女王』の能力の実験相手としては確かに適切である。存分に腕試しができそうだ。

「それじゃあ……闘《や》らせてもらおうか！」

「ガアアアアアアッ！」

戦う覚悟を決めたカイムめがけて、二匹《ひき》の狼が左右から噛みついてきた。

「フッ！」

「ギャンッ⁉」

カイムは右から迫《せま》ってきた狼に裏拳《うらけん》を叩き込んだ。魔力を込めた拳《こぶし》が狼の頭蓋骨《ずがいこつ》を叩き割《わ》り、一撃《いちげき》で絶命させる。反対側から別の狼が噛みついてくるが、後方に体を反らして回《かい》避《ひ》し、すれ違いざまにその胴体《どうたい》を蹴《け》りつけた。

「ギャウンッ！」

下から胴体を蹴られた狼が宙を飛んでいく。即死《そくし》は免《まぬが》れたようだが、あれだけの勢いで蹴られたからには、内臓が破裂《はれつ》してすぐに死に至ることだろう。

「さあ、ガンガンいこうか！　休まずかかってこいよ！」

「ガアアアアアアッ！」

次々と狼の魔物が襲いかかってくる。カイムは飛びかかってくる敵を殴っては蹴り、投げ飛ばし、踏《ふ》みつけ、一方的に蹴散《けち》らしていく。

その黒い狼は『ブラックウルフ』と呼ばれる魔物で、魔物の等級で言うところの『騎士級』に序列されている。訓練された兵士や冒険者《ぼうけんしゃ》でなければ、倒《たお》すのは困難なはずなのだが……魔力によって強化されたカイムの肉体はそれを容易に撃破《げきは》していく。

『毒の女王』の力を使う必要性すら感じない。魔力を手足に纏《まと》い、殴って蹴るだけで容易に葬《ほうむ》り去ることができた。

「まるで自分の身体じゃないみたいだ！　身体がこんなに強く素早《すばや》く動くなんて！」

身体が竜《りゅう》にでも化けたようだ。躍動《やくどう》する手足が鋭い打撃《だげき》を繰《く》り出し、縦横無尽《じゅうおうむじん》に狼を打ち倒す。以前は少し運動しただけで咳《せ》き込《こ》んでいたというのに……驚くほどに身体が軽い。

「ハハッ！　健康体がこんなに素晴らしいものだったなんて知らなかった！」

「ゴアアアアアアアッ！」

「おお？　今度は骨がありそうなのが出てきたじゃないか！」

狼の群れの向こうから頭部に角を生やした熊が現れた。『アーマーベア』という魔物で、脅威度《きょうい》はブラックウルフよりも二段階上。小隊を組んだ兵士に匹敵《ひってき》する強さを持つ『子爵《ししゃく》級』である。三メートル近い巨体《きょたい》の熊は鎧《よろい》のような甲殻《こうかく》で肉体を覆《おお》っており、並の刃物《はもの》なら弾いてしまう防御力《ぼうぎょりょく》を有していた。

「ゴアッ！」

「ハッ！　危ない危ない、これはちょっとだけ本気を出す必要がありそうだ！」

振り下ろされたアーマーベアの爪《つめ》をバックステップで避《よ》ける。力強い一撃によって、地面に大きな爪痕《つめあと》が刻まれた。

カイムは口元に笑《え》みを浮かべ、弓矢を放つ寸前のように腕《うで》を引いた。握りしめた拳に魔力を込めて、アーマーベアの胴体に狙いを定める。

「闘鬼神流《とうきしんりゆう》――【麒麟《きりん》】！」

拳に渾身《こんしん》の魔力を込めて、高密度に圧縮させる。そして……引いた腕を前方に向けて一気に解き放った。拳から放たれた魔力が螺旋《らせん》を描くように回転し、物理的な衝撃波《しょうげきは》となってアーマーベアの胸に着弾《ちゃくだん》する。

「グギャアアアアアッ⁉」

アーマーベアの堅《かた》い装甲《そうこう》を粉々に砕《くだ》き、衝撃波はなおも勢いを止めることなく突《つ》き進《すす》む。筋肉を、骨を、内臓を破壊し、背中まで貫通《かんつう》して突き抜けていく。まるで巨大《きょだい》な一角獣《いっかくじゅう》に貫かれたようだ。アーマーベアの胴体に大きな穴が穿《うが》たれて、そのまま動かなくなった。

「うん……いいね。体調万全《ばんぜん》、絶好調！」

大技《おおわざ》を繰り出して、カイムは会心の笑みを浮かべた。

闘鬼神流。それは東方にルーツを持つ武術の流派であり、『拳聖』であるケヴィン・ハルスベルクが修めた格闘術《かくとうじゅつ》だ。武器や防具を使うのではなく肉体に圧縮した魔力を纏って闘《たたか》うことを重んじたこの格闘術は、異質でありながら極《きわ》めれば最強と謳《うた》われている。

カイムがこの格闘術を父親から習ったことは一度もない。双子の妹は毎日のように稽古《けいこ》を付けてもらっているというのに、カイムは初歩すらも教えられていなかった。

にもかかわらず、カイムが闘鬼神流の技を使うことができるのは、父と妹が鍛錬をしている姿をいつも遠くから見つめていたからである。

武術には『見取稽古』というものがある。達人の技を見て、理想の動きのイメージを固めるという鍛錬法なのだが……カイムは屋敷《やしき》を出るまで、父と妹の鍛錬を見つめてそれを行ってきた。

森で暮らすようになってからも、毎日のように父の動きを思い出して鍛錬をしている。おかげで血を吐くことも多かったが、ひたむきな努力が呪いを克服《こくふく》してから実を結んだ。

「ガウウゥ……」

「グルルル……」

周囲にいる魔物の動きが緩慢《かんまん》になり、あからさまに怯《おび》えを見せ始める。

どうやら、アーマーベアがスタンピードの中心である『群れの長』だったらしい。頭を潰されたことで、魔物の群れは統率《とうそつ》を失っている。放っておけば、勝手に逃《に》げて散り散りになりそうだが……カイムは牙《きば》を剥いて凶暴《きょうぼう》な笑みを浮かべた。

「格闘術の試《ため》しはこれでお終い。次は……『毒の女王』の力を実験させてもらおうか？」

逃げだそうとする魔物に向けて、死刑宣告《しけいせんこく》となるであろう言葉を突きつける。

カイムの右手から『毒の女王』の力……紫色《むらさきいろ》の魔力が溢《あふ》れ出た。

「『毒の王』が使う最初の魔法……お前らのような雑魚にはもったいない一撃だ。肉体が滅《ほろ》びるまで堪能《たんのう》してもらおうか！　紫毒《しどく》魔法──【腐食の慈雨《アシッド・レイン》】！」

カイムが頭上に右手を掲《かか》げる。その掌《てのひら》から高濃度《こうのうど》の魔力が放たれて天を衝《つ》いた。

「「「「ガアアアアアアアアアアアアッ⁉」」」」

巨大な魔力が紫色の雨となって降り注いだ。強酸の毒が込《こ》められた雨に全身を打たれ、その場にいた魔物全てが身体を焼かれていく。木々を溶かし、大地を焼きながら……毒の雨が数十、数百の魔物を残らず骨になるまで溶かしていく。

その場から逃げ延《の》び、生き残った魔物はただの一匹すらもいなかったのである。


「何だこれは……いったい、この場所で何が起こったというのだ？」

カイムが魔物の群れを潰した一時間後。スタンピード発生の知らせを聞いた領主──ケヴィン・ハルスベルクが現場に到着《とうちゃく》した。伯爵家《はくしゃくけ》に仕えている騎士を引き連れて平原にやってきたケヴィンであったが、そこには何もなかった。

少なくとも……生ける者はいない。獣《けもの》や魔物も。草木の一本すらも生えてはいない。

その場所は本来、丈《たけ》の低い草木が群生していたはずだった。しかし、見渡《みわた》す限りの草木は全て枯《か》れ果てており、褐色《かっしょく》の地面がむき出しになって荒野《こうや》のようになっている。

そして、一面が禿《は》げあがった地面には無数の骨が散乱しており、まるで地獄《じごく》の一部が地上にせり出してきたような有様となっていた。

「どういうことなのでしょう……魔物の群れはいないようですが……」

「…………」

騎士の一人が問いかけるも……彼らの指揮官であるケヴィンは無言。顔面を蒼白《そうはく》にして、骨だけになった魔物の死骸《しがい》を見つめている。

（これは……この風景はまさか……）

それは見覚えのある光景だった。十三年前の忌まわしい記憶。かつて王国北部で起こった『毒の女王』による被害を受けた地域がまさにこんな光景となっていたのだ。

（あの時は魔物ではなく、人間の骨が転がっていたが……）

『毒の女王』はもういないはず。ならば、この絶望という言葉を具象したような景色を生み出したのはいったい……？

「まさか……お前だというのか。カイム……」

『毒の女王』の呪《のろ》いを受けた息子《むすこ》の顔を思い出し、ケヴィンは重々しい声音《こわね》で唸《うな》った。

○　○　○

「クソ……ファウストめ、好き勝手にやるだけやって消えやがった！」

魔物のスタンピードを殲滅《せんめつ》して、カイムは自分の小屋へと戻ってきた。そこにファウストの姿はない。小屋の中は静まりかえっている。

「ん……？」

ふと床《ゆか》に目を向けると、そこに片手で持ち上げられるサイズのバッグが置いてあった。

「これは……マジックバッグか？」

『女王』の記憶からカイムはそれが何だかわかった。それはマジックバッグという高価なアイテムであり、空間魔法がかけられて見た目以上の質量を収納することができる魔道具《まどうぐ》だ。

バッグを開いて中身を確認すると……そこには衣服や食料、テントなどの旅に必要な荷物が入っている。さらに、金貨や銀貨が詰《つ》まった袋《ふくろ》まで入れられていた。

「あの女からの餞別《せんべつ》ってところか……フン、魔物の群れに放《ほう》り込んだことは許してやるか」

考えても見れば、ファウストは自分に対して嘘《うそ》や誤魔化《ごまか》しをしなかった気がする。

カイムに呪いを移したことについても正直に話していたし、父親や村の連中と比べれば、はるかに信用できる人物だった気がする。

「……ありがとう。感謝するよ」

カイムはこの場にいない恩人に礼を言って、旅支度《たびじたく》を整える。小屋から持ち出す荷物は多くはない。すぐに準備が整った。

「よし……これでいいな」

旅立つ前に挨拶《あいさつ》をしたい人間は……いないこともない。自分のことを唯一《ゆいいつ》気にかけてくれたメイドのティーには会いたい気持ちはあった。

(だけど……今の俺はこんな姿だ。会っても誰だかわからないだろうな……)

『毒の女王』と融合したことにより、カイムの外見は五年以上も成長している。元々はくすんだ灰色だった髪《かみ》、灰色の瞳も紫色に染まっており、ティーに会っても混乱させてしまうだけだろう。

何より……ティーにはメイドとしての生活がある。カイムの旅に付き合うということは、十年以上もかけてこの場所で築いてきた立場を失うということだ。

(生まれ育ったこの場所から出て行くというのは、あくまでも俺の私情だ。ティーに給料を支払《しはら》っている雇《やと》い主《ぬし》は父親。ティーを拾って屋敷に迎え入れた恩人は死んだ母様だ。テ

ィーが俺に義理立てする理由なんてない。名残惜《なごりお》しいけど……かえって、顔を合わせない方がお互《たが》いのために良いかもしれないな）

あるいは……良い機会なのかもしれない。母の遺言《ゆいごん》によってカイムの面倒《めんどう》をみてくれたティーをそろそろ解放するべきだ。カイムは『力』と『自由』を得た。ならば、カイムの存在に縛《しば》られているティーだって、もう好きなように生きて良いはずだ。

「……顔は合わせない。手紙を残すくらいでちょうどいいか。達者で暮らせよ、ティー」

ファウストからもらったアイテムバッグにちょうど良くペンと紙が入っていた。羊皮紙に拙《つたな》い文字で世話になったメイドにお礼の言葉を書くと、小屋に残して外に出た。

すでに日は沈《しず》み、空には月が昇《のぼ》っている。あまり旅立ちに適した時間帯ではないが、誰《だれ》かに見送られることもなく旅立っていく方が日陰者《ひかげもの》にはお似合いなのかもしれない。

（魔王と融合した人間……『魔人《まじん》』とでも呼ばれるべき俺には似合いの空だ。目に焼き付けたいほど、この場所に良い思い出があるわけでもないからな）

カイムは歩き慣れた森を進んでいく。旅立ちに心を躍らせ、生まれ育った故郷を後にしようとするが……そこでもっとも聞きたくない人間の声が耳に届く。

「お前は……カイム、なのか？」

「ッ……！」

新たな門出《かどで》に水を差されて、カイムは後ろを振り返った。

そこには会いたくない人間の筆頭。父親ケヴィン・ハルスベルクが立っていたのである。

ケヴィンは今まさにここに到着して、馬から降りたところだった。護衛などは連れていない。一人きりでここに来たようだ。

髪と瞳を紫色に染めて、五年ほど成長した息子の姿を見て、驚きに目を見開いている。

「まさか……ここで遭遇することになるなんてな。親子の絆《きずな》、じゃあないか。どちらかというと因縁《いんねん》や悪縁《あくえん》に近いのか」

「その姿は、髪と瞳はいったい……お前はカイムなのか？　それとも、『毒の女王』なのか？」

「どちらでも好きな方に取ればいいさ。父上殿《どの》？」

カイムは皮肉そうに唇《くちびる》をつり上げ、両手を広げた。

「別に恨《うら》み言を言うつもりなんてない。十三年前のことは、貴方《あなた》にとっても苦渋《くじゅう》の選択《せんたく》だったのだと思う。真実を黙っていたことも、何の非もない『僕』を冷遇《れいぐう》して虐《しいた》げたことも……まあ、外見通り大人になって水に流してやるさ。だけど……これから先は許さない」

「何を……」

「俺はここから出て行く。自分の本当の家族を、故郷を手に入れるために旅に出る。邪魔をするというのなら容赦はしない。潰させてもらうぞ」

「…………！」

カイムの身体から放たれる威圧感《いあっかん》にケヴィンが息を呑《の》み、その場から飛び退《の》いた。

さすがは『拳聖』である。カイムが尋常《じんじょう》ならざる力を手にしたことに気づいたようだ。

「……どうやら、『毒の女王』の呪いに飲《の》み込まれてしまったらしいな。この化け物め、貴様のような厄災《やくさい》をこの地から出すわけにはいかん！」

「……ああ、やっぱりこうなるんだな。予想していた展開だよ」

これが父親に会いたくなかった理由である。

かつては仲間を率いて『毒の女王』と戦い、妻を呪われたこの男は彼女《かのじょ》のことを憎悪していた。『女王』と同じ姿になったカイムを見て、何もせずに見送ってくれるわけがない。

まともな信頼《しんらい》関係ができた親子であれば、事情を話せば伝わるかもしれない。けれど、この男とカイムの間にそんな可能性は露《つゆ》ほどもなかった。

「……いいだろう。闘《や》ってやるよ。実を言うと、以前から父上殿に稽古をつけてもらいたいと思っていたんだ。今の俺にとってはどうでもいいことだけどな」

「……私を父と呼ぶな。『毒の女王』が」

「フンッ……」

カイムは拳を握りしめ、ケヴィンに正面から向き合う。ケヴィンもまた拳を握り、息子へと向ける。二人がとった構えはまるで同じもの。『闘鬼神流』の基本的な構えだった。

「化け物が猿真似《さるまね》か？　人ならざる魔物に流派の神髄《しんずい》を究《きわ》めることなど断じてできぬ！」

「それは己《おのれ》の身を以《もっ》て体験するといい。最後くらいは父親らしく俺の成長を見届けろ」

「ほざけ！」

ケヴィンが圧縮した魔力を拳にまとい、カイムの顔面に殴りかかってきた。『拳聖』と呼ばれる男の打撃は恐《おそ》ろしく鋭《するど》く、速いものである。

「ッ……!?」

しかし、カイムは鼻面《はなづら》を叩《たた》き潰さんとする拳を見事にかわした。回避しただけではない。下からすくい上げるようにカウンターの拳を放ってケヴィンの顎《あご》を狙《ねら》う。

「クッ……！」

ケヴィンが後方に飛んでアッパーカットを避ける。

カイムと距離《きょり》をとり、思わず背筋を流れた冷たい汗《あせ》に表情を歪《ゆが》めた。

「へえ……」

カイムは追撃《ついげき》することなく、振り抜いた拳の感触《かんしょく》を確かめるように手を振った。

「さすがに速いが……『彼女』の記憶にある十三年前の動きよりも、だいぶ遅《おそ》いな？　ひよっとして、年を食って鈍《にぶ》ったのか？」

「カイム、貴様……！」

「それとも、息子を相手にして手加減でもしているのか？　だったら、改めることを勧《すす》めよう。今さら父親面されるのは迷惑《めいわく》だ。本気でかかってこいよ！」

「ッ……！」

カイムの挑発《ちょうはつ》を受けて、ケヴィンはギリッと音が鳴るほど奥歯《おくば》を噛みしめた。明らかに目つきが変わり、その身体から濃密《のうみつ》な殺気が漏れ出してくる。

「……いいだろう。『拳聖』と謳《うた》われし我《わ》が武を見せてやる。闘鬼神流の神髄、とくと味わうがいい！」

「そうさせてもらおう……かかってこいよ」

「ぬんっ！」

ケヴィンは地面を蹴り、本気の拳打を放ってきた。

カイムは獣のように牙を剥《む》いて笑い、父親の本気に真っ向から相対した。

怒《いか》りの形相の父と、喜悦《きえつ》の表情の息子。正面から拳を打ち合う二人は、皮肉なほどよく似た親子に見えたのである。

「ムンッ！」

「フッ！」

ケヴィンが目の前の青年に拳を叩きつけた。何度も何度も拳打を繰り出し、蹴撃《しゅうげき》も交えて眼前の敵を打ち砕こうとする。

最強と呼ばれし『闘鬼神流』にはフェイントは存在しない。一撃一撃《いちげきいちげき》が必殺であり、大砲《たいほう》のような威力《いりょく》と勢いを有する打撃だった。

カイムはそんな父親の打撃をひたすらに受け、躱《かわ》し、捌《さば》いていく。一発でもまともに喰《く》らってしまえば、骨折どころか肉体そのものが砕けてしまう。圧縮された魔力をまとった打撃にはそれだけの威力がある。

けれど、カイムに恐れはない。綱渡《つなわた》りじみた激しい攻防《こうぼう》の中で愉悦《ゆえつ》すら感じていた。

（全力を出している！　『拳聖』が、この俺に対して本気で戦っている！）

かつて、カイムにとってケヴィン・ハルスベルクというのは父でありながら、絶対的で揺らぐことのない壁《かべ》のような存在だった。逆らうことなど、立ち向かうことなど考えられない。口答えすら許されず、不興を買おうものなら重い拳骨《げんこつ》が飛んでくる。

カイムの心に深く強い劣等感を与《あた》え、その人生を幸福ならざるものと決定づけた張本人……それがケヴィン・ハルスベルクという人間だった。

（そんな親父《おやじ》が、ケヴィン・ハルスベルクが俺に本気で拳を振るっている！　堪《たま》らない、これが強敵との戦いかよ！）

先ほど、魔物の群れを駆逐《くちく》したときとは別種の高揚感《こうようかん》。弱者を叩き潰すのではなく、強者に立ち向かうことへの興奮がカイムの胸を満たしていく。

「闘鬼神流――【白虎《びゃっこ》】！」

ケヴィンが右手の指を鉤爪《かぎつめ》のように折り曲げ、薙《な》ぎ払《はら》ってきた。

魔力によって強化された指と爪はまさに『虎爪《こそう》』。岩盤《がんばん》をえぐるほどの威力がある。

「闘鬼神流――【玄武《げんぶ》】！」

対するカイムは両腕《りょううで》を盾《たて》のようにかざして、守りの構え。腕に圧縮魔力を集中させて、ケヴィンの攻撃《こうげき》を受け止める。ケヴィンの虎爪はカイムに命中したものの、ガキンと金属がぶつかり合うような音を鳴らして弾《はじ》かれた。

「痛ッ……！　さすがは『拳聖』。防御《ぼうぎょ》の上からでも衝撃《しょうげき》が響《ひび》いてきやがる！」

「……本当に闘鬼神流の技を修得しているようだな。どうやって……どこで学んだ？」

「ハッ！　寝《ね》ぼけたことを聞くじゃないか。俺にこれを教えてくれたのはアンタだろう？」

「何だと？」

怪訝《けげん》に眉根《まゆね》を寄せるケヴィンに、カイムは中指を立てて言い放つ。

「家から追い出されるまで、ずっと見せてくれたじゃないか。妹と一緒《いっしょ》に稽古する姿を。まるで自慢《じまん》するように。見せつけるみたいにな！」

「ッ……！」

「あてつけのように父娘仲睦《なかむつ》まじく鍛錬《たんれん》しているところを見せてもらったおかげで、闘鬼神流の基本的な技は頭に入っている。あとはそれを自分の身体で再現するだけ。簡単なことだろうが」

「見ただけで修得したというのか……！　誰かに師事することなく、この域まで……私と戦えるレベルにまでたどり着いただと……!?」

そうだとすれば……カイムは天才。類まれな才を持った麒麟児《きりんじ》ということになる。

溺愛《できあい》し、懇切丁寧《こんせつていねい》に武術を教えている娘――アーネットだってこの高みにまでは到底《とうてい》たどりついていない。それなのに……ずっと冷遇していたはずの息子が、先に流派の神髄の一端《いったん》を掴《つか》んだことになってしまう。

それはケヴィンにとって、とてもではないが受け入れられるものではない。双子の兄妹《きょうだい》が生まれてからの十三年を全否定されたような心境である。

「妻は貴様のことを愛していたが……私はお前を息子だなどと思ったことはない！」

ケヴィンは血を吐《は》くような苦悶《くもん》の顔で怒鳴《どな》りつけながら、拳を構える。

「お前の身体に刻まれていた呪いのアザを見るたびに、妻の命欲《ほ》しさに我が子を犠牲《ぎせい》にした罪を突きつけられる……これがどんな気持ちだかわかるか⁉」

「…………」

「貴様は生まれてくるべきではなかったのだ！　サーシャの胎《はら》の中で死んでいてくれれば、尊い犠牲として弔《とむら》うことができた。『女王』を憎《にく》み、全ての責任を押《お》しつけることができた！　だが……お前は生まれてしまった。顔を見るたびに刻まれたアザが私を責め立ててくる。息子に呪いを押しつけた罪を告げてくる！　そんな息子を愛することなどできるものか！」

「…………」

「そうだ……生まれてきてはいけなかった。死んでおくべきだったのだ……！　そうしておけば、サーシャだって死ぬことはなかった。私達は仲の良い三人親子として幸せに生きていくことができたのだ！　私は悪くない、何も間違《まちが》ってなどいない！」

「……どうでもいいんだよ。殺したくなるほどに」

いよいよ本音をぶちまけた父親の姿にカイムは辟易《へきえき》して吐き捨てた。

『女王』と融合する以前のカイムであれば、刃《やいば》のような言葉に傷つけられたかもしれない。

だが……今となっては、父親の本心などどうでもいいことである。

「大の男がみっともなく喚《わめ》くな……鬱陶《うっとう》しいんだよ！」

元々、ケヴィンはカイムに対して家族として接してこなかったが……外面だけでなく内面も同じだったというだけのこと。領地から出奔《しゅっぽん》し、完全にハルスベルク家と絶縁《ぜつえん》する覚悟《かくご》を決めたカイムにとっては気にする余地もない些事《さじ》である。

「アンタが俺《おれ》のことをどう思っていようと、俺には関係ない。敬愛する母に免《めん》じて見逃《みのが》してやるから、さっさと失《う》せろよ」

「化け物が……貴様がサーシャのことを語るな！　骨の欠片《かけら》すら残すことなく滅《めっ》するがいい……『毒の女王』よ！」

「ッ……！」

ケヴィンの全身から大量の魔力が放出される。その勢いはまるで火山の噴火《ふんか》。爆発《ばくはつ》するような勢いで増大した魔力を身体の表面にとどめ、圧縮して全身鎧のように身にまとう。

「闘鬼神流、秘奥《ひおう》の壱《いち》――【蚩尤《しゆう》】！」

「その技は初めて見るな……！　妹にだって教えていないものじゃないか⁉」

「当然だ！　『秘奥の型』は『基本の型』とは異なり、免許皆伝《めんきょかいでん》に至る実力を持った人間にしか明かされない秘伝の技。いずれはアーネットにも伝授するつもりだったが……まだその時ではない。無論、貴様が目にするのもこれが最初で最後だ！」

「ハッ！　そうかよ……！」

カイムは忌々《いまいま》しげに鼻を鳴らし、拳を引いて腰《こし》を落とす。闘鬼神流『基本の型』において、もっとも突撃力《とつげきりょく》と貫通力に優《すぐ》れた技——【麒麟】の構えである。

カイムは闘鬼神流の基本の型しか知らない。『秘奥の型』とやらを修得できていない以上、持っているカードで勝負するしかなかった。

基本の構えを取ったカイムに、ケヴィンは嘲笑《ちょうしょう》するかのように口角を上げる。

「言っておくが……その技で【蚩尤】を破ることはできん！　大人しく引導を受けよ。サーシャに免じて、苦しむことなく一撃で葬ってやろう！」

「余計なお世話だ。親でも師でもないアンタに慈悲《じひ》など施《ほどこ》される覚えはない。敬愛する母の名前を出せば寛大《かんだい》に見られると思っているのなら……正直、不愉快《ふゆかい》だ」

「貴様……！」

ケヴィンは大きく表情を歪めるが、構えを取るカイムの姿に真顔になった。

どれほど怒り、理不尽《りふじん》を向けてきていたとしても……この男は曲がりなりにも『拳聖』である。もはや言葉をぶつけ合う段階ではないと悟《さと》ったのだろう。

武人と武人が拳を構えて立っているのであれば、そこから先に言葉はいらない。ただ、己《おの》が肉体と武勇を以《もっ》て語るのみである。

「…………」

「…………」

両者はしばし無言で睨《にら》み合い……やがて、止まっていた時が動き出す。

「消え去るがいい……我が不肖《ふしょう》の息子。消し去るべき過去！　『毒の女王』よ！」

先に動いたのはケヴィンである。

闘鬼神流秘奥の型──【蚩尤】。これは東国において魔力《まりょく》の根源とされている『チャクラ』と呼ばれる部位を解放することにより、瞬間的《しゅんかんてき》に爆発的《ばくはつてき》な魔力を生み出す技だった。

魔力の上昇量《じょうしょうりょう》は解放したチャクラの数によって異なるが……少なくとも二倍。極めた達人であれば七倍まで魔力を高めることができる。

カイムは闘鬼神流における『基本の型』を一通り修得しているものの、『秘奥の型』については まったく学んでいない。いくら天才的なセンスがあったとしても、一朝一夕《いっちょういっせき》でチャクラを解放させる手段など覚えられるわけがなかった。

「ハアアアアアアアアアアアアッ！」

ゆえに、カイムの行動はシンプル。現在、自分が持っている全ての魔力を【麒麟】に込めて、全身全霊《ぜんしんぜんれい》で撃《う》ち放つのみ。

「征《い》けええええええええええええええっ!!」

回転を込めて放たれた圧縮魔力の衝撃波が、飛びかかってきたケヴィンの身体に突き刺《さ》さる。猛進《もうしん》するその動きをわずかに停止させた。

「ヌウウウウウウウウウウウウッ！」

だが……【蚩尤】によって極限まで強化された肉体を貫《つらぬ》くには至らない。ぶ厚い魔力の装甲にぶつかった衝撃波が散り散りになって弾かれてしまう。

ケヴィンが【麒麟】の衝撃波を防ぎながら、ジリジリと距離を詰めてくる。

カイムは動かない。拳を突き出した格好のまま、ひたすら魔力の衝撃波を放ち続けた。

「ハアアアアアアアアアアッ！」

「ヌウウウウウウウウウウウウッ！」

徐々《じょじょ》に二人の距離が縮まっていく。

三メートル
二メートル
一メートル
あと一歩で手が届く距離まで接近して、ケヴィンの顔に会心の笑みが浮《う》かぶ。

「勝った……！」

ケヴィンの口からそんな言葉が出たのは無理もないことだ。一撃必殺の技である【麒麟】で仕留めることができなかった時点で、カイムはすでに敗北している。

【蚩尤】によって爆発的に肉体を強化したケヴィンの攻撃に抗《あらが》う手段はない。そのまま掴まれて、身体を叩き潰《つぶ》されるだけである。

「ッ……!?」

だが、そこで予想外の事態が生じた。

ケヴィンの足腰《あしこし》から力が抜《ぬ》けて、その場に膝《ひざ》をついてしまったのである。

「何が……!?」

「フッ！」

その隙《すき》をカイムは見逃さなかった。【麒麟】を止めてケヴィンに飛びかかり、顔面を掴んで膝蹴《ひざげ》りを叩き込む。

「ガハッ!?」

「そのまま寝ていろ！　闘鬼神流――【応龍《おうりゅう》】！」

仰向《あおむ》けに倒れたケヴィンの上に跨《また》がり、カイムは渾身の一撃をぶつけた。

【麒麟】が魔力の衝撃波を飛ばす技であるのに対して、【応龍】は零距離《ぜろきょり》から相手の身体に直接衝撃を打ち込む技。

カイムはケヴィンの胸に手を当てて、発勁《はっけい》によって渾身の魔力を突き入れた。

「ハアッ！」

「グゴアアッ⁉」

胸部へ強烈《きょうれつ》な衝撃を受けて、ケヴィンの口から血が噴《ふ》き出した。顔面に父親の血がかかるが……カイムはわずかに表情を顰《しか》めただけである。

「グ、ウ……」

ケヴィンが四肢《しし》をバッタリと地面に投げ出し、そのまま気を失う。わずかに胸が上下しており、生きてはいるようだ。

「解除されかけていたとはいえ、圧縮魔力に救われたな。それがなかったら死んでいたぞ」

グッタリと横たわった父親の身体を見下ろし、カイムは戦いで乱れた衣服を整える。

ケヴィンが戦いの途中《とちゅう》で体勢を崩《くず》してしまったのは、まともに喰らってしまったカイムの魔力が原因だった。

【麒麟】による衝撃波こそ防ぐことができたものの、カイムは『毒の女王』の力を引き継《つ》いでいる。『女王』の力――紫毒魔法《まほう》によって毒化された魔力を浴びて、身体を麻痺《まひ》させてしまったのである。

「武闘家《ぶとうか》としてはそちらが圧倒的《あっとうてき》に上だった。だが……毒への警戒《けいかい》を怠《おこた》るなんて、さすがに油断が過ぎるんじゃないか？」

結局のところ、ケヴィンはカイムのことを最後まで『出来損《できそこ》ないの息子』として侮《あなど》って

いたのかもしれない。カイムを『毒の女王』と呼びながら毒による攻撃を警戒しないだなんて、王国最強の『拳聖』としては間抜《まぬ》けすぎるやられ方である。

カイムは地面に置いていた荷物を拾い、倒れた父親に背を向けて歩き出す。

もはやここには戻《もど》るまい……そう覚悟を決めて森の中を歩いていこうとするが、進行方向上にいくつかの人影《ひとかげ》があった。

「ん……？」

そこにいたのはハルスベルク伯爵家に仕える騎士《きし》だった。何時からそこで見ていたのだろう。数人の騎士が道に立っており、倒れたケヴィンに困惑《こんわく》した顔になっている。

「お、お父様……」

さらに驚《おどろ》くべきことに、その中にカイムの双子《ふたご》の妹――アーネットがいたことである。

どうやら、道に並んでいる騎士はアーネットの護衛としてここまで付いてきたようだ。

わざわざカイムの小屋まで来たのは、帰りが遅い父親を心配したのか。それとも、虫の知らせでもあったのだろうか？

「フン……」

カイムは肩《かた》をすくめて、アーネットと騎士らの横をすり抜けていこうとする。

「別に殺してはいない。どうしようもない男でも、死んだら大恩ある母が悲しむからな」

「ま、待て！　貴様はいったい……」

「邪魔《じゃま》をするな。鬱陶しいぞ」

慌《あわ》てたように剣《けん》を抜く騎士であったが、カイムの拳が閃《ひらめ》いた。その場にいた五人の騎士が剣を向けてくるよりも先に、顎や腹部を殴打《おうだ》して昏倒《こんとう》させる。

「ぐ……あ……」

「そのまま寝ていろ。どうせお前らじゃ俺を止めることなんてできない」

カイムは騎士の身体を踏みつけ、アーネットの横を通り抜けて進んでいく。相手をする価値もないと言わんばかりの態度である。

「ま、待ちなさいっ！」

しかし、アーネットがカイムの背中に向けて叫《さけ》び、拳《こぶし》を構えてきた。

「お、お父様をよくもやったわね！　許さない、許さないんだからっ⁉」

「ハア……許さないならどうするというんだ？　今度はお前が戦うのかよ？」

ウンザリした気分になりながら、カイムは振《ふ》り返ることすらなく訊《たず》ねる。

「父親が負けた相手に勝てると思っているのか？　格上の相手からは逃げろって、お前の大好きなお父様は教えてくれなかったのか？」

「わ、私は『拳聖』の娘……アーネット・ハルスベルク！　ハルスベルク伯爵家の名に懸《か》けて、敵に怯えて逃げたりなんて……！」

「【麒麟】」

振り返りざま、魔力の衝撃波を放った。超高速《ちょうこうそく》で回転しながら、圧縮された魔力の塊《かたまり》がアーネットの顔の横を突き抜けていく。

「ヒッ……！」

アーネットが引きつった悲鳴を上げて、地面に尻《しり》もちをつく。

あと数センチずれていたら、アーネットの顔面が大きくえぐられていたに違《ちが》いない。

撃ち放った【麒麟】は全力の一割にも満たないものだったが……その一撃《いちげき》はアーネットが反応できないほど鋭いものだった。

しょせんは十三歳《さい》の少女でしかないアーネットは、生まれて初めて『死』の気配を感じて、激しい恐怖《きょうふ》に全身を震《ふる》わせる。

「………」

カイムはそんなアーネットへと歩いていく。一歩ずつ、一歩ずつ双子の妹に接近する。

「ヒッ……い、いやっ！　やだやだっ！　来ないでっ！」

今度こそ殺されるとでも思ったのだろう。アーネットが必死に叫んで両手を振る。

立ち上がって逃げようとするが、足腰が言うことを聞かないようだ。迫《せま》ってくるカイムから距離を取ることもできず、緊張《きんちょう》の糸が切れたかのようにボロボロと涙《なみだ》をこぼしだす。

「いやあ……やだよう、お父様、お父様……！」

地面に座《すわ》り込んで両足を開いているアーネットであったが……彼女の股《また》の間からチョロチョロと水音が聞こえてきた。

スカートが捲《まく》れてさらされた白いショーツを濡《ぬ》らして、地面に生暖かい水たまりが広がっていく。どうやら、恐怖のあまり漏《も》らしてしまったようである。

「ハア……くだらねえ」

いつも自分をなじってくる妹の醜態《しゅうたい》に、カイムは毒気を抜かれたように立ち止まった。

これまでの意趣《いしゅがえ》返しに頭でもはたいてやろうかと思っていたのだが……こうも無様な姿を見せられると、哀《あわ》れにすら思えてきてしまう。

「……お前の父親は俺が倒《たお》した。死んではいないようだが、武術家としてはもはや再起不能になっているだろう」

カイムは泣きながらへたりこんでいるアーネットへ、最後に告げる。

「……仇《かたき》と思うのであれば追いかけてこい。ただし、その時は死ぬ覚悟を決めてくるんだな」

最後の慈悲のつもりで声をかけ……カイムはアーネットの返事を待つことなく、さっさとその場から立ち去った。

カイムはその日のうちにハルスベルク伯爵《はくしやく》領から立ち去り……生まれ故郷であるその地に二度と戻ってくることはなかったのである。

幕間　残された者達

「う……私はいったい……？」

「ああ、目を覚まされたのですね！　旦那様《だんなさま》！」

ケヴィンが目を覚ますと、目の前には見慣れた天井《てんじょう》があった。どうやら、自室のベッドで眠《ねむ》っていたようだ。傍《かたわ》らにはハルスベルク伯爵家に仕える執事長《しつじちょう》の姿がある。

「どうして、家に……ウグッ⁉」

「動いてはなりません！　旦那様は一週間以上も寝込《ねこ》んでおられたのです。どうか、今だけはご自愛してくださいませ！」

執事長が起き上がろうとするケヴィンを慌てて止める。十年以上もハルスベルク伯爵家に仕えている執事長の顔には何故《なぜ》か殴《なぐ》られたような大きなアザができていた。

執事長の怪我《けが》を怪訝に思いながら、ケヴィンは自分の身体の状態を確認《かくにん》する。

（一週間だと？　まさか、私がそんなに寝込んでいたなんて……身体が思うように動かぬ。まるで全身の筋肉が鉛《なまり》になってしまったようだ……）

身体が酷《ひど》く重い。筋肉が、関節がまるで言うことを聞かない。ほんの少し身じろぎしただけで全身に鈍い痛みが走り、起き上がるという簡単な動作すら満足にできなかった。

「グッ……ヌオオオオオオオオオッ！」

それでも、ケヴィンは身体に鞭打《むちう》って起き上がる。ただ眠るだけならば構わない。だが……苦痛で眠らされるなど、王国最強を謳われる『拳聖』の誇《ほこ》りが許さなかった。

「だ、旦那様！　無理に起きては御身体《おからだ》が……！」

「かま、わんっ……！　そんなことよりも、事情を説明しろ……！　私の身に何があった？　どうして、この私が傷を負って寝込んでいたのだ？」

記憶《きおく》を思い返すが、意識がはっきりせず思い出すことができなかった。自分の身に何があったのかはわからない。それでも……己の肉体の状態からわかることがある。

自分は敗北したのだ。『拳聖』――ケヴィン・ハルスベルクは何者かとの戦いに敗れて、傷を負って寝込んでいたのである。

「思い出せない。私は……誰と戦って負けたのだ？」

「……わかりません」

「わからないだと？　わからないとはどういう意味だ？」

「本当にわからないのです。旦那様をこんなふうにした者が、何処《どこ》の誰だったのか」

問い詰めると、執事は表情を曇《くも》らせながら説明をする。

「旦那様は森の中でおかしな男と戦って敗れたようです。後から駆《か》けつけた騎士が言うには、二十歳《はたち》前後ほどの年齢《ねんれい》の男で紫《むらさき》の髪と瞳《ひとみ》をしていたとか」

「紫の……！」

ケヴィンが息を呑んだ。目の奥《おく》に、鮮《あざ》やかながらも不気味な紫色が浮かんできた。

そして、その色彩《しきさい》がトリガーになって、気を失う前の記憶が思い出されたのである。

戦ったのだ。自分と同じ流派の技を使い……そして、宿敵であり妻の仇ともいえる『毒の女王』と同じ魔力を持った男と戦って、敗れたのだ。

姿形は変わっていたが……あの男の名前を自分は知っている。

「カイム……！」

ケヴィンの記憶にある息子は十三歳の姿をしていたが、戦ったときは五年以上も成長した姿になっていた。髪と瞳は紫色になっており、身体のアザも消えていた。

どうして、ケヴィンが息子と気がつくことができたのか……その理由は、決して親子の愛情などではない。成長したカイムの顔立ちが若い頃《ころ》の妻と瓜二《うりふた》つだったからである。

（そういえば……カイムは妻に似た顔をしていたな）

カイムが屋敷《やしき》にいた頃、ケヴィンは『呪い子』の息子を徹底的《てっていてき》に無視していた。妻が何を言おうと関わることはなく、顔を合わせれば怒鳴りつけ、時には暴力まで振るっている。

だが……サーシャに抱《だ》かれたカイムの姿を見て、よく似た容姿の二人にドキリと心臓が跳《は》ねたことがあった。

呪《のろ》われて生まれた息子《むすこ》が妻の血を引いていることを……間違いなく自分の子であることを突《つ》きつけられ、胸が締《し》め付けられるように痛んだのを覚えている。

（それに……あの武術の才。カイムは間違いなく『天才』。いや、恐るべき『鬼才《きさい》』あるいは『怪物《かいぶつ》』とでも呼ぶべきか）

森の中で決闘《けっとう》したときのカイムの力量は、闘鬼神流《とうきしんりゅう》における免許皆伝の一歩手前まで迫っていた。同い年であり、ケヴィンが手塩にかけて育ててきた一番弟子《でし》であるアーネットをとうに超《こ》えている。

指導したことなど一度もないというのに……ケヴィンがアーネットに訓練を施すところを見ていただけでその域に至ったというのなら、背筋が凍《こお》るほどの才能である。

（カイムは間違いなく、『拳聖』である私の息子だ……才能や潜在能力《せんざいのうりょく》だけならば敵《かな》う気がしない。そして、妻の容姿まで引き継いでいる。これは何という地獄《じごく》なのだ……？）

夫の才能と妻の容姿を継いだ息子が、憎むべき仇である『毒の女王』の力を得ていた。

虐げていた息子がまぎれもなく自分と妻の子であることを再確認させられて……さらに、

その子供に呪いを移したという罪を改めて突きつけられて、心臓が抉《えぐ》られるような絶望を感じる。

「旦那様？　どうされたのですか？」

「いや……何でもない」

顔を覗《のぞ》き込《こ》んでくる執事長にケヴィンは沈痛《ちんつう》な表情で首を振る。

カイムが『毒の女王』の力を継いだことは不用意に明かせない。露見《ろけん》すれば、『魔王《まおう》級』の災厄《さいやく》を解き放ったとして、ハルスベルク伯爵家《はくしゃくけ》が責任を取らされることになってしまう。

『女王』が勝手に復活しただけならばまだしも……ハルスベルク家の直系の身体に乗り移って甦《よみがえ》ったのだ。成り上がり者のケヴィンを良く思っていない古株の貴族からすれば、格好の攻撃材料である。

（私が責任を取るだけならば良い……だが、娘の将来まで潰すわけにはいかない……）

「……アーネットはどうしている？　私のことを心配しているのではないか？」

「お嬢様《じょうさま》でしたら、部屋に閉《と》じ籠《こ》もっています。お嬢様も旦那様と戦った男に会ってしまったらしく……いえ、怪我《けが》はなかったのですが、旦那様が敗北したことがよほどショックだったのでしょう。屋敷に帰ってから、ずっと部屋に籠《こも》っています」

「そうか……怪我がないのならば構わない。不甲斐《ふがい》ない父の姿を見て、失望したのだろうな」

ケヴィンは肩を落として溜息《ためいき》を吐く。娘に情けないところを見せてしまったが……カイムがアーネットを傷つけなかったのは幸いである。

ともかく、今は『毒の女王』の力を継いだカイムへの対応を考えなくてはいけない。

（追いかけて抹殺《まっさつ》するべきなのだろうが……できるのか？　今の私に？）

ケヴィンも若い頃と比べると体力が落ちている。妻が死んでからというもの、娘に鍛練《たんれん》を施すことがあっても、本格的な修行《しゅぎょう》はしていない。

加えて……今のケヴィンの身体はカイムによって打ち込まれた毒の魔力に蝕《むしば》まれていた。時間が経《た》って怪我が完治しても、戦闘能力《せんとうのうりょく》は大きく落ち込むことだろう。

（カイムは危険だが……今の私では勝つことはできないだろう。ハルスベルク家の存続と娘の将来を考えれば、王宮に報告することもできない。恨みを持っているであろう私を殺さなかったことからしても、すぐに大きな災厄を引き起こすことはないのだろうが……）

「旦那様！　大変でございます！」

ケヴィンが悶々《もんもん》と考え込んでいると、部屋の扉《とびら》を開いてメイドが飛び込んできた。

主人の部屋にノックもせず入ってきた部下に、執事長が眉《まゆ》を顰《ひそ》める。

「何ですか、騒《さわ》がしい！　旦那様の部屋に無断で入ってくるなど無礼ですよ！」

「そ、そんなことよりも大変なんです！　お嬢様が、アーネットお嬢様が……！」

「娘に何かあったのか……グウッ⁉」

ケヴィンが慌ててベッドから立ち上がろうとするが、毒の影響《えいきょう》で再び崩れ落ちる。

「グハッ……ゲホッゲホッ！」

「旦那様！」

「い、いい……私のことはよい。それよりも……アーネットがどうしたというのだ……⁉」

咳《せ》き込みながら訊ねると、メイドは顔を蒼白《そうはく》にしながら折りたたまれた紙を差し出す。

「お、お嬢様が……アーネットお嬢様がいなくなってしまったのです。お部屋にも、屋敷のどこにもいなくて……部屋にこんな書き置きが……！」

「何だと⁉　アーネットがいなくなった⁉」

ケヴィンは毟《むし》り取るようにしてメイドが握《にぎ》っていた紙を受け取った。

紙には見慣れた筆跡《ひっせき》――愛娘《まなむすめ》のアーネットの筆跡で驚くべきことが書かれている。

『お父様に怪我をさせた仇を倒しに行きます。「紫の男」を倒すまで屋敷には戻りません』

「あ、ああっ……何ということだ、アーネット……！」

「旦那様っ⁉」

執事長に支えられながら……ケヴィンは頭を掻《か》きむしりながら叫んだ。

「アーネット……アーネットオオオオオオオオオオオオオッ!!」

妻を喪《うしな》い、息子を見捨てた男は……残された唯一《ゆいいつ》の家族である娘にまで家出をされて、愕然《がくぜん》とした表情で嘆《なげ》きの慟哭《どうこく》を上げたのだった。

○　　○　　○

十年以上も前のこと。ティーはかつて天涯孤独《てんがいこどく》の孤児として街中をさまよっていた。

『虎人族《とらびと》』という戦闘に長《た》けた獣人《じゅうじん》、おまけに『ホワイトタイガー』という稀少種《きしょうしゅ》に生まれたティーがどうして人間達《たち》の住まう町を浮浪していたのか。それはティー自身も記憶がおぼろげではっきりと覚えてはいない。

確かなのは……街をさまよっているティーがどうしようもなく孤独《こどく》であり、頼《たよ》るべき親も支え合うべき兄弟姉妹《しまい》も持っていないということである。

(……わたしはだれ……どうして、ここにいるの……?)

ティー……当時、名も無き虎人の少女は空腹に苦しみながら自問する。

ボロキレをまとった姿から察するに、どこかで奴隷《どれい》労働を強《し》いられていたのを逃《に》げてきたのだろう。

ジェイド王国では亜人《あじん》差別が激しく、拐《さら》われてきた亜人や獣人の子供が奴隷にされるのは珍《めずら》しくはない。逃げた奴隷が道端《みちばた》で野垂れ死にする光景もよくあることだった。

半死半生の少女は衰弱《すいじゃく》しきっており、放っておけば二日と保たずに息絶えることだろう。

（……わたし、しぬの？　なんのため、うまれてきたの……？）

虎人の少女は思う。何のために生まれてきたのか。ただ苦しみ、死ぬためだけに生きてきたとでもいうのか。何も知らない、記憶を持たない少女でも……そんな自分が哀れで虚《むな》しい存在であることは理解できた。

「あー、あー！」

「あら、どうしたの？　カイム？」

だが……そんな虎人の少女に手を差し伸《の》べる者が現れた。

横たわっていた虎人の少女が顔を上げると……そこには母親らしき女性に抱かれた赤《あか》ん坊《ぼう》の姿がある。何かの病気だろうか。紫色のアザを顔や手足に浮かべた赤ん坊が、どこか必死な様子で虎人の少女に小さな手を伸ばしているのだ。

「獣人族の女の子ね？　その子のことが気になるの？」

「あーっ！　うーっ！」

「そうなのね？　珍しいわねえ、カイムがこんなに興味を示すだなんて」

「どうされましたか、奥様《おくさま》？」

赤ん坊を抱く女性に使用人らしき服を着た男性が声をかける。従者か護衛だろう。

「そちらの女の子を連れて帰るわ。この子の世話役にするの」

「はあ、よろしいのですか？　汚《けが》らわしい獣人ですよ？」

「構わないわ。連れて帰ってちょうだい。食事を与えて、怪我の手当てもして……それに使用人としての教育もお願いできるかしら？」

「……承知いたしました」

「が……う……」

不承不承といったふうに、従者の男が虎人の少女を抱きかかえた。抵抗《ていこう》する気力もなく、虎人の少女はされるがままに屋敷まで運ばれていった。

その後、少女は「ティー」という名前を与えられ、ハルスベルク伯爵家の使用人になった。

名前の由来は、初めて覚えた仕事が『お茶汲み《ティーく》』だったというつまらない理由である。

後に知ることになるのだが……その日、カイムと母親であるサーシャ・ハルスベルクは近くの町に買い物に来ていたらしい。

珍しく体調が良かった妻を夫であるケヴィンが連れ出したのだが……どうしてもカイム

も連れて行くことを譲《ゆず》らず、親子四人と付き人の執事で出かけることになった。

夫や娘と別行動をとっている時にカイムが倒れていた虎人の少女に興味を示し、将来的に使用人にすることを見越《みこ》してサーシャが雇《やと》い入れたのだ。

「私はあまり長くは生きられないから。代わりに、この子と一緒にいてあげてね？」

「当然ですわ！　カイム様は私を拾ってくれた命の恩人ですもの！」

サーシャの言葉に、ティーは心からの決意を込めて応えた。

当然、赤ん坊だったカイムはティーを拾ったことを覚えていない。

ティーが自分に尽《つ》くしていることを母親への義理だと思っているようだが……事実は異なっている。

ティーがカイムに尽くすのは、カイムがティーを拾ってくれた張本人だからだ。カイムがいなければ、サーシャも孤児の獣人など放っておいたことだろう。

ティーはサーシャに対するものよりも、さらに大きな恩義と愛情をカイムに対して抱いていたのである。

カイム・ハルスベルクが領地を出奔した。

その知らせは、ハルスベルク伯爵家で働いている使用人にも知らされた。

「ガウッ！　何ということですの……カイム様が領地を出て行ってしまっただなんて！」

カイムがいなくなったという話を聞いて、ティーは慌てて彼《かれ》が生活していた小屋に行った。そこでカイムが残していった手紙を発見して、愕然とさせられる。

『俺は旅に出る。もう母親への義理は十分に果たしたから、君も自由に生きて欲しい』

羊皮紙に書かれた短い文章はティーに宛《あ》てたものだった。ティーは手紙を握りしめたままワナワナと震えて、肉食獣《にくしょくじゅう》特有の尖《とが》った犬歯を剥《む》いた。

「どうして私を連れて行ってくれなかったんですの!?　御《お》一人《ひとり》で旅に出るだなんて……ヒドイですわ！」

ティーは慌ててハルスベルク家の屋敷に戻り、旅支度《たびじたく》を整える。一刻も早くカイムを追いかけなければ。焦《あせ》りながら荷物をまとめて屋敷を出ようとする。

しかし、そこで使用人のまとめ役である執事長に出くわした。

「この忙《いそが》しいのに何処へ行くのですか？　旦那様が寝込んでしまい、仕事は山積みですよ」

「愚問《ぐもん》はやめて欲しいですわ。カイム様を追いかけるに決まっているじゃないですか！」

「あの『呪い子』を追いかける……何を馬鹿なことを」

執事長が鼻で笑った。

「勝手なことは許しません。汚らわしい獣人をハルスベルク伯爵家が拾ってやったのです。

長年の恩を返しなさい」

「恩？　拾ってやった？」

「そうですとも！　旦那様に雇われなければ、貴女《あなた》は路地裏で野垂れ死にしていました。助けてあげた恩義に報《むく》いなさい！」

「ふざけるんじゃねえですの！」

「ンギャッ⁉」

ティーが牙《きば》を剥いて叫び、執事長の顔面を殴りつけた。執事長は屋敷の床《ゆか》をゴロゴロと転がっていき、そのまま壁《かべ》に衝突《しょうとつ》する。

「ぐあ……な、何を……」

「ガウウウ……ティーを拾ってくれたのはカイム様ですわ！　そして、使用人にしてくれたのはサーシャ奥様ですの！　貴方《あなた》や旦那様に恩義など一欠片《ひとかけら》だってありませんわ！」

壁にもたれかかってうめいている執事長に向けて、ティーはこれまでの鬱憤《うっぷん》をこれでもかとぶつける。

「ティーがハルスベルク家で働いていたのは、いつかカイム様を連れてこの土地から出て行くためですわ！　そのための資金稼《しきんかせ》ぎ以上の義理はないですの！」

一年前、カイムが追い出された時にティーはついていくこともできたのだが、あえて屋敷に残って働くことを選んだ。十分な資金を稼ぎ、カイムを連れてハルスベルク伯爵領から旅立つためだった。

この国で獣人が職を得ることすら難しい。『呪い子』のカイムもまた同様だ。他の国へ移住する路銀稼ぎのために、泣く泣く追放されるカイムを見送ったのである。

「カイム様がいなくなった以上、この家にもう用はないですわ！　これまで本っ当にお世話になりました！」

「ふぎいっ⁉」

ティーが足を振り上げ……倒れている執事長の股間《こかん》を思いきり踏《ふ》みつけた。

執事長は顔を真っ青に染めてパクパクと口を動かし……そのまま気を失った。

「フンッ！　カイム様を馬鹿にするからこうなるんですわ！　さて……こんなことはしていられません。カイム様、ティーがすぐにお傍《そば》に参りますわ！」

それまでの鬱憤を晴らして満足したティーは、すぐさま屋敷を後にする。

「本当は他の使用人も全員ぶちのめしてやりたいところですけど……時間がないので見逃してやりますの！　せいぜい、私がやっていた仕事を押《お》しつけられて困るがいいのですわ！」

執事長が怪我をしてしばらく働けなくなり、底無しの体力を持つ労働力だったティーを失ったことで、屋敷の仕事は大きく滞《とどこお》ることになった。

さらに……アーネットがいなくなったことによる捜索隊《そうさくたい》の派遣《はけん》により、伯爵家の家臣は天地をひっくり返したような大混乱に陥《おちい》ることになる。

残された使用人は大量に重なった仕事に押し潰されることになってしまう。

虎人のメイドの意図しないところで、カイムに無礼を働いた者達に天罰《てんばつ》が下ったのだが……そのことをティーが知ることは未来永劫《みらいえいごう》なかったのである。

○　○　○

「おい、聞いたか！　とうとうあの『呪い子』が領地を追い出されたらしいぞ！」

「ようやく領主様に見限られたか！　ハハッ、今日は宴会《えんかい》だな！」

カイムがハルスベルク伯爵領から出て行ったという知らせを聞いて、カイムを虐《しいた》げていた村人は喝采《かっさい》した。

実際には自分の意思で出て行ったのだが……彼らにはカイムが領主に追い出されたように伝わっているようだ。

無様に追放された『呪い子』の姿を思い浮かべ、村人達はニヤニヤと醜悪《しゅうあく》な顔で笑いあう。

「まったく、あんな化け物がすぐそばに住んでいて、生きた心地《ここち》がしなかった！」
「あの不気味なアザを見なくていいと思うとホッとするな。清々したぜ！」
「子供に病気が感染《うつ》らなくて良かったわね。本当に気持ちが悪かったわ」

村人は口々にカイムの悪口を言い合っている。実際には彼らがカイムを虐げていたのだが……村人は自分達こそが『呪い子』を押しつけられた被害者《ひがいしゃ》だと認識《にんしき》していた。

人間というのは自分達とは違っている異端《いたん》を忌《い》み、排斥《はいせき》しようとする生き物である。閉鎖的《へいさてき》な寒村であればなおさらのこと。その者が本当に危険であるかは関係なく、異端を迫害《はくがい》することで安心を得ようとするものなのだ。

「そういえば……今朝、森の入口で狼《おおかみ》を見かけたぞ。最近、見なかったのにな」

ふと、村人の一人が言い出した。その言葉に他の村人も首を傾《かし》げる。

「狼や熊、いつから見かけなくなったのかな？　一年位前になるか？」
「魔物《まもの》も出なくなったよな。前はちょこちょこ現れてたのに」

この村では一年ほど、獣《けもの》や魔物が現れなくなっていた。その理由は『毒の女王』に取り憑《つ》かれた人間……カイムが森に住んでいたからである。

人間よりも鋭敏《えいびん》な感覚を持っている動物や魔物はカイムの身体の猛毒《もうどく》を恐《おそ》れ、森の奥深《おくふか》くに隠《かく》れていたのだ。

「スタンピードが起こったという話も聞くが……結局、何もなかったな」

「領主様がどうにかしてくれたようだ。まったく、さすがは我らの『拳聖』だよ！」

「ケヴィン様が領主をしている限り、この村も安泰《あんたい》じゃろう。狼ごとき心配はいらぬよ」

村人は緊張感《きんちょうかん》のない顔で笑いあう。狼が出たことなど彼らは気にもしていなかった。

だが……じきに彼らは笑えなくなるだろう。すでに魔物を遠ざける見えない防壁《ぼうへき》は失われている。

カイムがスタンピードで暴走する魔物を駆逐《くちく》したものの、それによって生じた空白地帯には、いずれ他の場所から多くの魔物が流れ込んでくるだろう。

頼《たの》みの綱《つな》の領主は毒によって再起不能に近い状態となっており、伯爵家の騎士はアーネット捜索《そうさく》に駆り出されて人手不足になっている。

カイムの恩恵《おんけい》を受けていたことを知らない村人に、自力で魔物を撃退《げきたい》する術はない。

魔物の襲撃《しゅうげき》を受けた村が阿鼻叫喚《あびきょうかん》の地獄に陥るのは、それから数ヵ月後のことである。

第四章　旅立ちと出会い

生まれ故郷を後にしたカイムは街道《かいどう》を東に向かっていった。

目的はジェイド王国の東にある大国――ガーネット帝国《ていこく》。ファウストの忠告を真に受けたわけではないが、カイムの目的は新しい故郷と家族を見つけること。別に誰《だれ》かと争いをしたいわけではない。『魔王級』を敵視している教会とのトラブルを避《さ》けるため、教会の影響力《えいきょうりょく》が少ない場所に向かうことに異論はなかった。

（しばらくは男の一人旅になるか……まあ、悪くはないけどな）

街道をのらりくらりと歩きながら、カイムは晴《は》れ渡《わた》った空を見上げる。青い空を雲がゆっくりと流れていく。珍しくもない見慣れた光景だが……不思議と心が軽くなる。

（こんなに穏《おだ》やかな気持ちで空を見上げたことなんて……ひょっとしたら、一度もないかもしれないな。随分《ずいぶん》と人生を無駄《むだ》にしてきたものだ）

内面が変われば、瞳に映される風景だって変わるもの。以前のカイムであれば空を見ても何も思わなかったのだが、今は青空の美しさを楽しむ心の余裕《よゆう》ができていた。

カイムは軽い足取りで街道を歩いていき……ふと進行方向上に奇妙《きみょう》なものを発見する。

「ん……？　あそこにあるのは……馬車の残骸《ざんがい》か？」

街道上に横倒《よこだお》しになって倒れた馬車の残骸が転がっていた。近づいてみると、馬車の周囲には血まみれの男達が死体となって転がっている。

「刃物《はもの》で斬《き》られている……魔物じゃなくて盗賊《とうぞく》の仕業《しわざ》か。気の毒なことだ」

カイムは憐《あわ》れむように言うが、すぐに旅を再開させる。同情はするが、見知らぬ死人《しびと》のためにできることはなかった。

「む……？」

しかし、ふと足元に違和感《いわかん》を覚えたカイムは足を止めることになる。

「……離《はな》してもらえないか？　先に進みたいのだが？」

「う……ぐ……」

カイムの足を掴《つか》んでいたのは血を流して倒れていた男の一人である。てっきり死んでいるのだとばかり思っていたが……どうやら、一人だけ生き残りがいたらしい。

「悪いが、俺《おれ》に貴方を助ける手段はない。何もしてあげられなくて申し訳ないけどな」

ファウストからもらったマジックバッグにはポーションなども入っていたが、男の怪我は明らかに手遅《ておく》れ。薬を飲ませたとしても苦しむ時間を長引かせるだけだろう。

カイムは「悪いな」ともう一度謝罪して、靴《くつ》を掴んだ男の手を振り払《はら》おうとする。

「……さま、が」

「ん？」

「つれさら、れた……どう、か……たすけてあげて、くれ……」

かすれた声で言いながら……男は街道から外れた場所にある森を指差した。そして、まるで役割を終えたとばかりに力なく手を落とし、今度こそ絶命してしまった。

「おいおい……勘弁《かんべん》してくれよ。通りすがりの他人に嫌《いや》な遺言《ゆいごん》を残しやがって」

息絶えた男を見下ろし、カイムは呆《あき》れて首を振る。断片的《だんぺんてき》な遺言は大部分が聞き取れなかったが、『連れ去られたから助けてあげてくれ。あの森に去っていった』と聞こえた。

「誰かが盗賊に攫《さら》われたのか……知って見捨ててしまったら寝覚《ねざ》め悪くなるだろうが」

聞かなかったことにするのは簡単だが……心に後味の悪いしこりが残ってしまう。このままでは今晩の飯が不味《まず》くなる。

カイムはお人好《ひとよ》しではない。死人のために動こうとは思わないが……生きている人間、助かる人間を平然と見捨てることができるほど薄情《はくじょう》でもなかった。

「仕方がないな……寄り道を楽しむつもりで盗賊退治でもしてみるか。旅の路銀だって稼げるかもしれない。無駄足《むだあし》にはならないだろ」

盗賊を討伐《とうばつ》すると、彼らの持ち物や財産は倒した人間が取得できると聞いたことがある。無駄足になることもないだろうと自分に言い聞かせて、カイムは男が指差していた森に向かうのであった。

「賊《ぞく》はあちらに向かったようだな……」

森に足を踏み入れたカイムは、目を細めて生い茂《しげ》った樹木を観察する。少し前まで森の中で暮らしていただけあって、こういう場所は苦手ではない。上手《うま》く隠しているようだが……草が所々踏みしめられ、人が通った痕跡《こんせき》があるのを発見した。

(人数はそれほど多くはなさそうだ。こっちの足跡《あしあと》が他のものよりも深くなっているのは、重い荷物を抱《かか》えていたからだろう。たとえば……攫われた女性とか)

カイムは森の中に残された痕跡を辿《たど》って進んで行く。小動物や虫はいたが魔物や大型の動物は見当たらない。特に障害もなく馬車を襲《おそ》った何者かを追跡《ついせき》することができた。

「お、ここだな」

森の奥に進んでいくと、少し開けた場所に出た。岩山が壁のように立ちふさがっており、そこには洞窟《どうくつ》らしき黒い穴が開いている。洞窟の前には見張りらしき男が座っていた。

(さて……無事に追いつくことができたが、攫われた誰かというのは穴の中だよな?)

木の陰《かげ》に身を隠しながら、どうしたものだろうかと思案する。

（問題があるとすれば、攫われた誰かを人質《ひとじち》に取られることか。盗賊を壊滅《かいめつ》するだけなら、洞窟の中に毒ガスでも流し込めば済むんだが……）

間違《まちが》いなく、盗賊に攫われている人物も毒にやられてしまう。麻痺《まひ》や睡眠《すいみん》作用のある毒物を使ってもいいのだが……カイムはまだ『毒の女王』から引き継《つ》いだ力に慣れてはおらず、相手を殺さない程度の毒を上手く生成できる自信がなかった。

（我ながら未熟だな……まあ、愚痴《ぐち》っても仕方がないか）

カイムは勢い良く木陰《こかげ》から飛び出し、見張りに気づかれるよりも先に魔法《まほう》を放つ。

「【飛毒】」

「なっ……!?」

弾丸《だんがん》のように放たれた紫色の毒が見張りの首に突き刺《さ》さる。男は仲間を呼ぼうとして口をパクパクと動かすが、声は一向に出てこない。首を掻きむしり、そのまま昏倒《こんとう》してしまう。

「…………」

「うん、問題なし。手加減も上手いことできたな」

見張りの男は気を失っているが息はあり、死んではいないようだ。

別に情けをかけ低下したわけではない。毒の強さをコントロールできるようになるため、練習台として死なない程度に調整したのである。

「とはいえ……これは死んでないってだけだな。あまり手加減できたとは言えないか？」

男はピクピクと痙攣《けいれん》しており、毒が命中した首元は紫色に爛《ただ》れている。

死んではいないが……おそらく一生声を発することはできないだろう。ひょっとしたら、即死《そくし》しなかっただけで、このまま時間が経ったら死んでしまうかもしれない。

（強い毒を出すのは簡単なんだが……逆に相手を殺さないように、後遺症《こういしょう》を残さないレベルの毒を生み出す方が難しいな。まだまだ練習が必要だ）

「行くか……」

小さくつぶやいて、カイムは盗賊の住処《すみか》である洞窟の中に足を踏み入れた。

洞窟の中は暗かったが、両目に魔力《まりょく》を集中させれば暗闇《くらやみ》でも見渡《みわた》すことができるようになった。これも闘鬼神流の応用技である。これで問題なく進めるだろう。

周囲を見回すと、どうやらここは鍾乳洞《しょうにゅうどう》のようだった。頭上からは長い年月をかけて形成されたであろう細長い鍾乳石《しょうにゅうせき》がぶら下がっている。ぬめった足元に注意して先に進んでいくと……やがて、開けた空間に出た。

「ヒャハハハハハハハハハッ！　堪んねえなあ、おい！」

その空間に出た途端《とたん》、耳障《みみざわ》りな哄笑《こうしょう》が聞こえてきた。カイムは通路の壁に身体を寄せ、身を隠した状態で奥を窺《うかが》う。そこには盗賊らしき男達が十人ほどいた。盗賊は手を叩《たた》いて大笑いしていたり、焼いた肉や酒を口に運んで貪《むさぼ》っていたりする。

そして……盗賊達《たち》に囲まれ、二人の女性が拘束《こうそく》されていた。

一方は長い金髪《きんぱつ》を背中に流した女性。年齢は十代後半ほどで、質の良いドレスを身にまとっているのだが……ドレスは無残に破かれて胸元《むなもと》や太腿が露出《ろしゅつ》してしまっている。

もう一方は赤い髪《かみ》をショートカットにした女性。年齢は金髪女性よりもやや上で二十代前半。こちらも服を無残に裂《さ》かれており、身体のあちこちを怪我して血が滲《にじ》んでいた。

二人の女性は鍾乳洞の壁にもたれかかって座《すわ》り込んでおり、鎖《くさり》で両手を縛《しば》られて強制的にバンザイをさせられていた。

「う……あ……やあっ……」

「くっ……殺せ……」

二人の女性は肌《はだ》を朱《しゅ》に染めて涙目《なみだめ》になっている。身体を小刻みにプルプルと震《ふる》わせており、両脚を擦《す》り合わせて何かを堪《た》えるようにしていた。明らかに異常な状態である。

「最高だなあっ！　こんな美女二人を好きにできるなんてよ！」

「殺す前にせいぜい楽しんでやるよ！　ヒャハハハハハハハッ！」

「やめて……ください……いやあ……」

女性を囲んで笑い転げている盗賊に、金髪女性が弱々しく訴《うった》える。瞳を涙《なみだ》でいっぱいにして懇願《こんがん》する金髪女性であったが……そんな精一杯《せいいっぱい》の訴えは男達の嗜虐心《しぎゃくしん》をくすぐる以上の効果はない。盗賊《とうぞく》達は喘《あえ》ぐ二人を見て、さらに色めき立っていた。

「薬が効いてきたみたいだなあ！　じきに尻《しり》を振《ふ》って抱いてくれって泣き叫《さけ》ぶぜ！」

年配の盗賊が彼女《かのじょ》達を指差して醜悪に笑う。カイムは事情を察して目を細めた。

（様子がおかしいと思ったら……おかしな薬物を盛られているのか？　随分と趣味《しゅみ》の悪いことをしやがるぜ）

「どうせ最後には殺すんだが……それまでに百回は犯《おか》してやるから覚悟《かくご》しろよ！　さーて……そろそろ食《た》べ頃《ごろ》かねえ？　どっちから食っちまうかな？」

（……不愉快極《ふゆかいきわ》まりない連中だな。遠慮《えんりょ》はいらない、さっさと片付けるか）

これ以上は見るに堪えない。カイムはさっさと盗賊を始末することにした。

「お楽しみのところを失礼するよ。御覧《ごらん》の通りの侵入者《しんにゅうしゃ》だ」

「なっ……！」

「誰だ、テメエは！」

カイムが通路から進み出る。捕《と》らえた女を弄《もてあそ》んでいた盗賊が振り返って声を荒《あ》らげた。

不意打ちをしても良かったのだが、相手は人数も多くてすぐに気づかれるだろう。だったら、正面から飛び込んで暴れてやったほうが良い。

「見ての通りのゲストの登場だ。せいぜいもてなしてくれよな！」

カイムはおどけたように冗談《じょうだん》めかした口調で答えるが、その瞳《ひとみ》は少しも笑っていない。

女性を縛りつけて薬を飲ませ、好き勝手にいたぶろうとしているクズに手加減はしない。

「侵入者だ！　ぶち殺せ！」

十人の盗賊が立ち上がり、手に武器を持って襲いかかってくる。

カイムはナイフを手に飛びかかってきた盗賊の顔面を掴み、紫毒《しどく》魔法を発動させた。

「【毒爪蛇手《スネークハンド》】」

「ギイイイイイイイイイイィッ⁉」

「な、何だあっ⁉」

顔面を掴まれた盗賊が絶叫《ぜっきょう》する。解放され、仰向《あおむ》けに倒《たお》れた盗賊の顔は強酸をぶっかけられたかのように焼け爛れており、顔の造形が原形を失っていた。

「手加減の練習として生け捕《ど》りにしようと思っていたんだが……気が変わった。お前らのような下種《げす》の極《きわ》みを見せつけられて、殺意を我慢《がまん》できるほど優《やさ》しい性格じゃないんだよ」

「ヒッ……何だテメエは⁉」

「いったい何をしたんだ？　どんな方法を使ったらこんな死に方を……！」

「五月蝿《うるさ》い、さっさと死ね」

怯《ひる》んだ盗賊にカイムは大きく踏み込んだ。右手が毒蛇《どくへび》のように襲いかかる。

「フッ！」

「ギャアッ⁉」

毒をまとった手が盗賊の身体を撫《な》でる。鋭《するど》く、素早《すばや》く右手が盗賊を撫でるたび、触《ふ》れられた箇所《かしょ》が異臭《いしゅう》を放って焼け爛れる。

「グ……ギャアアアアアアアアアアッ⁉」

「う、腕《うで》が……ギイイイイイイイイイイッ⁉」

紫毒魔法――【毒爪蛇手】は相手の身体に直接触れて、強力な毒物を浴びせる技である。

射程距離《しゃていきょり》は短いが威力《いりょく》は絶大。周囲にいる無関係な人間――この場合で言うところの捕《つか》まった女性二人を巻き込むことなく、盗賊を始末できる。

「毒蛇の牙。あるいは死神の腕と言うところか？　この腕に触れられて生きながらえることができる人間はいない。想像を絶する苦しみの中でくだらない人生を懺悔《ざんげ》することだ」

「ギャアアアアアアアアアッ⁉」

「た、助けて……ぐわあああああああああっ！」

盗賊に一人ひとり毒を打ち込みながら、カイムは鍾乳洞の内部を駆《か》け回る。

武器を振るって抵抗する者もいたが、『拳聖《けんせい》』に勝利したカイムにとっては止まって見えるような遅《おそ》い攻撃《こうげき》だ。盗賊団を壊滅させるのに一分もかからない。

すぐに首領らしき大柄《おおがら》な男だけとなり、それ以外の盗賊は全て毒を浴びて絶命した。

「ガキが……よくも俺様の部下をやってくれたな！」

「意外だな。お前のような鬼畜《きちく》にも仲間意識はあるのか？」

「口の減らねえ……せっかくのお楽しみが台無しじゃねえか！」

男が大剣《たいけん》を構えて、切っ先をカイムに向けてきた。

「俺達が『紅鬼団《こうきだん》』であると知っての行いか⁉　生きて帰れると思うなよ！」

「もちろんだ。生かして帰すつもりはない。女を甚振《いたぶ》って遊ぶようなクズはここで殺す」

「ハッ！　そういう薄《うす》っぺらい正義を振りかざしたガキが一番嫌《きら》いなんだよ！　見ているだけでハラワタが煮《に》えくり返る！」

男が大剣を振りかぶって飛びかかってきた。さすがは親玉だけあって、その動きは機敏《きびん》そのもの。ただの盗賊とは思えないほどに洗練された動きである。

（特殊《とくしゅ》な訓練を受けているのかもしれないな……ただの盗賊かと思いきや、傭兵崩《ようへいくず》れか元・冒険者《ぼうけんしゃ》というところだろうか？）

「死にやがれえええええええええええええっ！」

「まあ……どちらにしても問題はないがな」

上段から振り下ろされた一撃必殺《いちげきひっさつ》の攻撃であったが……カイムはそれを片手で受け止めた。ガッチリと固定された大剣に盗賊の首領が大きく目を見開く。

「す、素手《すで》で受け止めやがった……!?」

「この程度のことは造作もない。鈍《にぶ》いんだよ、お前の攻撃は」

「クソッ、この俺がガキに負けるなんて……あるわけねえんだよ、馬鹿が！」

「む……!?」

大剣から真っ赤な炎《ほのお》が溢《あふ》れ出した。剣《けん》を掴んでいる手が焼かれ、身体を炎が包み込《こ》む。

「魔剣《まけん》『火焔蜥蜴《サラマンダー》』！　このクソガキを骨になるまで焼き尽くせ！」

どうやら、首領が手にしていたのはただの剣ではなく、特殊な効果が付与《ふよ》された魔剣であったらしい。カイムの全身が炎に包まれる。

「ヒャハハハッ！　死ね死ね死ねえええええっ！　俺様の勝ちだあああああアアアアッ！」

「まったく……本当に品性のないヤツだな。耳障りな声を出しやがる」

「アアアアアッ…………はあっ!?」

首領が驚愕《きょうがく》に声を裏返らせた。いかに強力な魔剣といえど、カイムと盗賊の間にある断《だん》崖絶壁《がいぜっぺき》のごとき差を埋《う》めるには足りなかったようだ。

「な、何故《なぜ》だ⁉　どうして燃えない、どうして平気なんだあっ⁉」

「この程度の炎……圧縮した魔力で覆《おお》われた俺の肉体には無力だ」

魔剣が放った炎に焼かれるカイムであったが、その肉体は闘鬼神流《とうきしんりゅう》による圧縮魔力を装《そう》甲《こう》のようにまとっていた。斬撃はもちろん、炎だって届かない。カイムの肌に小さな火傷《やけど》すら生じさせることはできなかった。

「溶《と》かせ――【毒爪蛇手】」

「なあっ⁉」

掌《てのひら》から強酸性の毒を放出し、そのまま炎の大剣を握りつぶす。高温で焼かれてなお威力を衰《おとろ》えさせることのない強力な毒液によって、金属製の大剣は成すすべなく溶解《ようかい》した。

「なるほどな。今回はさほどでもなかったが……格下の相手であっても、特殊な武器やアイテムを使われたら手傷くらいは負うかもしれない。いい勉強になったよ。感謝する」

「ヒイッ……！」

「これは礼だ。釣《つ》りはいらないからとくと味わえ！」

カイムは左手の指を鉤爪《かぎつめ》のように曲げて『虎爪《こそう》』を作り、そこに毒をまとわせた。

闘鬼神流ではない。紫毒魔法でもない。両者の力を併《あわ》せ持っているカイムだけが使うことができるオリジナル技。

「【窮奇凶毒《デモンズハンド》】！」

圧縮した魔力によって生み出された爪《つめ》に強烈《きょうれつ》な毒が込められ、盗賊の首領を斬り裂いた。

首領は一言の声も発することを許されずに肉体を裂かれ……そのまま、強力な毒によって溶かされ、一瞬《いっしゅん》で骨になったのである。

「うん、問題なし。このやり方だったら、そこそこ闘《たたか》えそうだ」

盗賊団を壊滅させ、カイムは自信を込めて頷《うなず》いた。

カイムは二つの力を持っている。父親から盗《ぬす》み出した『闘鬼神流』の武術の技、『毒の女王』と融合《ゆうごう》したことによって得た『紫毒魔法』である。

だが……その二つの力を極めているかと聞かれると、首を横に振るしかない。

闘鬼神流の習熟度は父親の足下にも及《およ》ばない。圧縮した魔力をまとう技術。基本的な技などは一通り修得しているが、『秘奥《ひおう》の型』と呼ばれる奥義《おうぎ》については未習熟。闘鬼神流だけで競《きそ》ったのであれば、父親に勝つことはできなかっただろう。

対して、紫毒魔法はどうかといえば……こちらも十分に極めてはいない。

かつて、『毒の女王』は紫毒魔法を使って国を滅亡《めつぼう》に追いやり、万単位の人間を死に至らしめたという。同じことをカイムにできるかと訊《き》かれたら……不可能である。オリジナルである『女王』とカイムでは魔法の練度に雲泥《うんでい》の差があった。

(だが……二つの力を合わせれば、未熟で実戦経験の足りない俺でもそれなりに戦える。親父《おやじ》クラスに出てこられると厳しいが、並の使い手に後《おく》れを取ることはあるまい)

意図せず巻き込まれてしまった盗賊討伐《とうぞくとうばつ》であったが、この戦いを通じて自分の力を確認《かくにん》することができた。確かな成果を胸にカイムは拳を握《にぎ》りしめる。

「ああっ、んあああああっ……！」

「ああ、そうだった……悪いな。忘れるところだった」

そこでカイムはここに来た目的を思い出す。戦いに夢中になってしまい、壁に拘束されていた二人の女性を忘れていた。

「大丈夫《だいじょうぶ》か？　意識はあるか？」

カイムは拘束された女性二人に近寄るが……途端、二人が手足をばたつかせて暴れ出した。

「んあああ、はあ、はあ……あはあああああっ⁉」

「くっ……殺せえ、頼むから……ヒンッ！　殺してくれえっ⁉」

「これは……想像以上にヤバいことになってないか？」

二人の女性は必死になって手足を動かし、暴《あば》れていた。もがく彼女達の動きに合わせて、破れた服からこぼれ出た胸も躍動《やくどう》している。

両手を拘束されているため自由に動けないようだが、代わりに足を激しくバタつかせていた。瞳に理性はなく、襲いかかってくる快楽のせいで発狂寸前《はっきょうすんぜん》になっていた。

「アイツら……どんな毒を盛《も》りやがった？　何を飲ませたらこんな有様になるんだよ」

盗賊は媚薬《びやく》を飲ませたようなことを話していたが……これはもう『薬』などと呼べるものではない。彼女達が飲まされたのは『媚毒《びどく》』。快楽で悶《もだ》え死にさせる悪魔《あくま》の毒薬である。

「解毒薬《げどくやく》は……ないよな、やっぱり」

ファウストからもらったマジックバッグを確認するが、毒消しなどは入っていなかった。

（解毒薬がないとなると魔法による治療だが……俺は治癒魔法《ちゆまほう》を使えないから不可能だ。かといって、近くの町に連れていくまで二人の心身が保つだろうか……）

「「アアアアアアアアアアアアアアアアアッ!!」」

「……無理だな。町に着くまで、心と身体がもたない」

カイムは首を振った。この場で治療できなければ、二人を救うことはできない。

やるしかないのだ。どんな方法を使ったとしても。

「……やった試《ため》しのない出たとこ勝負のやり方だ。死んだとしても恨《うら》むなよ？」

一つの手段を導き出し、カイムは体内の魔力を練って毒薬を生成する。

カイムがやろうとしているのは『毒を以《もっ》て毒を制す』という方法。二人の女性の身体を苛《さいな》んでいる媚毒を中和して、打ち消す効力のある毒薬を飲ませるという荒療治《あらりょうじ》だ。

「失敗する確率の方が高いが……多分、こんなものだな。完成だ。飲んでみろ」

魂《たましい》の奥《おく》にある『毒の女王』の知識を引っ張り出して毒を解析《かいせき》し、カイムは掌にピンク色の毒液を生み出す。金髪の女性の口にあてがって毒液を飲ませようとするが……暴れているため、いっこうに飲もうとしなかった。

「いやあああアアアアアアアアアアッ！」

「ああ、畜生《ちくしょう》！　仕方がないな……このことも恨むなよ。治療行為《ちりょうこうい》だからな！」

舌打ちをして、再び毒を生成する。今度は掌ではなく、唾液《だえき》を材料にして口の中に作る。

「………よし」

そして……わずかな躊躇《ためら》いの後、金髪女性の唇《くちびる》に自分の唇を合わせた。頭部を両手で固定して暴れないように押さえつけ、口から毒を流し込む。

「ンンンンンンッ……⁉」

金髪女性の方がビクンと跳《は》ねるが……抵抗《ていこう》はしない。

それどころか、待ってましたとばかりにあちらから舌を入れてくる。どうやら、媚毒に冒《おか》された身体が無意識に快楽を受容したのだろう。

（うっわ……汚《けが》されたよ。好都合ではあるけれど……）

カイムは生まれて初めてのディープキスに慄《おのの》きつつ、口に溜《た》めた毒を流し込んでいく。

「んぐっ……んんっ……あはあんっ⁉」

金髪女性が必死な様子で舌を絡《から》めてくる。熱く火照《ほて》った二枚の舌が重なって、まるで蛇《へび》が交尾《こうび》しているかのようだ。長い両足が伸《の》びてきてカイムの胴体《どうたい》をキュッと締《し》める。はだけた胸をグリグリと押しつけてきた。

（ヤバいな、この感触《かんしょく》……女の身体、気持ち良過ぎるだろ⁉）

柔《やわ》らかな肢体《したい》を惜《お》しげもなく堪能《たんのう》させられ、カイムの方まで脳が沸騰《ふっとう》しそうだ。

このままではカイムの方まで理性が吹《ふ》っ飛んでしまいそうだが……唐突《とうとつ》に金髪女性の身体から力が抜《ぬ》けていく。

「あ……う……」

先ほどまで暴れていたのが嘘《うそ》のように脱力《だつりょく》して、クッタリと気を失ってしまう。

押しつけられていた唇、胸や脚が離れていき……カイムは深々と溜息《ためいき》をつく。

「残念……じゃなくて、上手くいったようだな」

気絶した金髪女性の状態を確認すると……体温は高いものの、呼吸や脈拍《みゃくはく》は落ち着いている。どうやら、峠《とうげ》は越《こ》したようだ。

「とりあえずは一安心。問題は……」

「アアアアアアアアアアッ！　殺してくれえええええええっ！」

「……アレをもう一回やらなくちゃいけないことだな。ヤバいな、中毒になりそうだ」

『毒の王』である自分が『中毒』だなんて、何の冗談だというのだろう。

カイムは苦笑いをしつつ、赤髪の女性にも唇を落としたのである。

○　○　○

「イヤアアアアアアアアアアアアアアアッ……！」

（ああ……私はどうなっているのかしら……？）

飲まされた媚薬の効果に翻弄《ほんろう》されながら、金髪の美少女――ミリーシアは薄れゆく意識の中で考える。

ミリーシアはガーネット帝国の高貴な生まれだったが、とある事情でジェイド王国を訪《おとず》れていた。護衛や御供《おとも》を連れて王都に向かって進んでいたのだが……途中《とちゅう》で盗賊に襲撃されてしまい、彼《かれ》らの隠れ家へと連れていかれてしまったのだ。

信頼《しんらい》する護衛であるレンカと一緒《いっしょ》に拘束され、奇妙な薬を飲まされて……途端に身体を灼熱《しゃくねつ》に襲われた。身体を支配する痒《かゆ》みと痛み。全身が熱くてもどかしくておかしくなってしまいそうだった。

まるで嵐《あらし》の海を小舟《こぶね》で漂《ただよ》っているようだ。ミリーシアの理性はかつてない衝撃《しょうげき》によって、今にも崩壊《ほうかい》してしまいそうだった。この状態が小一時間も続いていたのであれば、抑《おさ》えがたい快楽によって発狂して、そのまま戻《もど》ってくることなく死に至っていたことだろう。

「んぐっ……!?」

しかし、あと少しで心身に限界がやってくるところで、ミリーシアの口に甘《あま》い液体が入ってきた。途端に先ほどとは別種の熱が身体を満たしていく。

(温かい……)

盗賊に飲まされた薬が身を焼く灼熱だとすれば、こちらは暖炉《だんろ》の火のようだ。

ミリーシアの身体を襲っていた苦痛が残らず洗い流されていき、代わりに甘く蕩《とろ》けるような安心感が包み込んでいく。

「んぐっ……んんっ……あはあんっ!?」

この温《ぬく》もりをもっと身近に感じたくて、ミリーシアは必死に舌を伸ばした。自分の舌と誰かの舌が絡み合う。とてもイケナイことをしているようで心臓が高鳴ってしまう。

（この人は誰なのでしょう。温かくて、優しい人なのでしょうね……）

そうでなければ、こんなにも甘く優しいキスはできまい。

霞《かす》んだ視界に映る誰かの姿はハッキリとはわからないが、ミリーシアは確信する。

目の前にいる人が自分にとって大切な人になることを。この出会いが偶然《ぐうぜん》ではなく、きっと神や天使の導きなのだと。

ミリーシアは家庭の事情によって、教会で修道女をしていたことがあるのだが……そこで育まれた直感と信仰心《しんこうしん》が運命を確信させる。

「んっ……はっ……あ……ふあっ」

ミリーシアは目の前の誰かから離れがたく思って、縋《すが》りつくように肌を擦りつけた。胸を押《お》しつけ、脚を絡ませ、淑女《しゆくじよ》とは思えないようなはしたない声を上げながら。まるでマーキングでもするかのように誰かと身体を絡めあう。

「んあっ……！」

ビクビクと身体が跳ねて……力が抜けていく。

（嫌っ……お願い、離れないで……このまま私の傍《そば》にいて……！）

ミリーシアは必死に願いながら、それでもゆっくりと意識を手放すのであった。

○　○　○

「え……わたしは……？」

「ここは、いったい……？」

二人同時に目を覚ました。毛布をかけられた身体を起こし、ぼんやりと辺りを見回す。

「ああ、気がついたようだな」

「「ッ……！」」

カイムが声をかけると、二人は勢いよく顔を上げた。ちょうど外で盗賊の死体を始末して戻ってきたところである。もちろん、気絶させていた見張りにもトドメを刺してきた。

「だ、誰ですか、貴方《あなた》は……？」

「貴様は……賊の一味か⁉」

「おいおい、落ち着けよ。俺は君らの敵じゃない」

金髪女性を庇《かば》うように赤髪女性が前に出てくる。今にも殴《なぐ》りかかってきそうな剣幕《けんまく》だ。

カイムは両腕《りょううで》を上げて敵意がないことをアピールする。

「君らを攫ってきた盗賊共は片付けた。森に埋めてきたところだが……確認したいのなら掘《ほ》り起こそうか？」

「盗賊を……まさか、貴様一人で……?」

「『貴様』じゃない。俺はカイムという。一応は君達《たち》を助けた恩人なんだから名前を呼ぶくらいの敬意は示してもらいたいね」

なおも警戒《けいかい》の目を向けてくる赤髪女性に、カイムは「ところで……」と言葉を続ける。

「君達はどこまで記憶《きおく》がある? 盗賊に攫われて変な薬を飲まされていたようだけど……自分の身に何が起こったのか覚えているか?」

「そうです……私達はおかしな液体を飲まされて……!」

赤髪女性の後ろで、金髪女性が小さく肩《かた》を震わせる。地面に座り込んだまま居住まいを正し、毛布で身体をしっかりと包《くる》んで頭を下げた。

「……失礼いたしました。命を救っていただいた恩人とは知らずにご無礼を。賊に捕らわれた私達を救っていただき、心より感謝を申し上げます。申《もう》し遅《おく》れましたが……私の名前はミリーシアと申します」

「お嬢様《じょうさま》! このようなどこの誰かもわからぬ男に頭を下げるなんて……」

「レンカ、貴女《あなた》も礼を言いなさい。この方に私達は救われたのですよ? もしもこの御方《おかた》が助けてくださらなかったら……どうなっていたかわかるでしょう?」

「うっ……失礼した。ご助力、心より感謝する」

金髪女性の名前がミリーシア、赤髪女性の名前がレンカであると判明した。会話から察するに、ミリーシアの方がレンカよりも立場が上のようである。

(どうやら……俺が二人にしたことは覚えていないらしいな。責任を取れとか言われても困るし、好都合だ)

カイムが二人に気づかれないように安堵《あんど》の息を吐《つ》く。

「申し訳ありません。おかしな薬を飲まされたせいで記憶が曖昧《あいまい》なのですが……貴方が私達のことを治療してくれたのですね？」

「ああ、俺だよ。盗賊を始末したのもな……そこに証拠《しょうこ》が転がっている」

「あの魔剣は……間違いなく盗賊の首領が使っていたものです！　お嬢様！」

少し離れていた場所に転がっていた魔剣の残骸にレンカが反応を示す。

「損傷は激しいですが……あの男が使っていた炎の魔剣に間違いありません。それにしても、どうやったらここまで破壊《はかい》されるのだ？　酸で溶かしたようになっているが……？」

「そんなことはどうでもいいだろう？　それよりも、身体の調子が良くなったのなら、ここから出たほうがいい。長居をするような場所じゃないぞ」

カイムはさりげなく話題を逸《そ》らしながら、鍾乳洞の入口の方を親指で差す。

しかし、ミリーシアはもじもじと身体を震わせて言いづらそうに口を開いた。

「カイムさんのおっしゃる通りなのですが……この格好で外を出歩くのは、ちょっと……」

「あー……それもそうだな。悪い、気が利《き》かなかった」

二人の女性は盗賊に服を破られており、半裸《はんら》に毛布を纏《まと》っただけの格好になっている。

このまま外を歩くのは恥《は》ずかしいのだろう。

「女性物の服なんて持っていないが……そうだ、盗賊の所有物を確認していなかったな。

ひょっとしたら、何か着る物があるかもしれないな」

そういえば、盗賊が貯《た》めこんだ財宝なども確認していなかった。

「俺は奥を見てくるが……君達も来るか？」

「…………」

ミリーシアは無言で頷き、立ち上がった。ふらつく足取りに慌《あわ》ててレンカが支えに入る。

「お嬢様、まだ立ち上がっては……」

「大丈夫です。盗賊の持ち物には、私を守るために戦って死んだ者達の遺品があるかもしれません。ちゃんと回収しなくては……」

「お嬢様……わかりました。このレンカがお供をいたします」

「……先に行ってるぞ。後からゆっくり来ると良い」

仲睦《なかむつ》まじい主従を置いて、カイムは鍾乳洞の奥へ先行する。

二人の姿が見えなくなる位置まで進んで……「ハア」と溜息を吐いた。

「『お嬢様』ね……随分《ずいぶん》と身分の高そうな女性じゃないか」

おそらく、ミリーシアは貴族の令嬢《れいじょう》か何かなのだろう。破られたドレスも高級そうに見えるし、特に不思議はない。

（それは構わないが……どうして、姓《せい》を名乗らなかったんだ？）

先ほど、ミリーシアが自己紹介《じこしょうかい》をした際に家名である姓を口にしていなかった。平民であれば姓がないことなど珍《めずら》しくもないが……ミリーシアは明らかな貴族令嬢である。姓や家について話そうとしないのは不自然だった。

（仮にも貴族出身じゃなければ気づかなかったんだろうけど……姓を隠《かく》さなくちゃいけない理由でもあるのか？　身分を隠して、お忍《しの》びで旅をしている最中とか？）

そうだとすれば、厄介事《やっかいごと》の匂《にお》いがする。ひょっとしたら、とんでもない火種を抱えている可能性だってあった。

「……一時の感情で動くべきじゃなかったかな？　まあ、役得はあったけどよ」

カイムは二人との濃密《のうみつ》な口付けを思い出して、唇を指でなぞるのであった。

洞窟の奥には予想通り、盗賊《とうぞく》の持ち物や戦利品が集められていた。

武器や防具、金貨や宝石の詰《つ》まった袋《ふくろ》、高価そうな置物、食料品などの生活用品などなど。多くの物品が洞窟の奥に所狭《ところせま》しと押し込まれている。

「やけに羽振《はぶ》りがよさそうだな。ただの盗賊がどうしてこんな大金を持ってるんだ？」

よほどの大仕事をこなしたばかりなのか。それとも、ただの盗賊ではなく何者かの後《うし》ろ盾《だて》でもあったのだろうか。ただの盗賊が貯めこんだとは思えないほどの財物が並んでいた。

「ああ、良かった。私達が奪《うば》われた荷物もあるようですね」

遅れてやってきたミリーシアとレンカも、自分達の荷物を見つけて安堵の声をもらす。

「君達の持ち物はそのまま持って帰るといい。それ以外のものは盗賊討伐の報酬《ほうしゅう》として俺《おれ》がもらうが……問題はないな？」

「もちろんでございます。それがカイム様の権利ですもの」

「それじゃあ……適当に仕舞《しま》っていくとしようか」

ミリーシアから許可を得て、カイムは金目の物を中心にマジックバッグに押し込んでいく。どんどんバッグの中に消えていく戦利品にレンカがパチクリと瞬《まばた》きを繰《く》り返す。

「それほどの容量のマジックバッグを持っているとは……貴殿《きでん》はひょっとして、高名な貴族か冒険者なのだろうか？」

「いや……これは友人からもらい受けたものだ。俺は貴族でもなければ冒険者でもない。

というか、これってそんなに高価なものなのか？」

「……私もマジックアイテムには詳《くわ》しくないのだが、高位の空間魔法がかけられた袋が城と同じ値段で取引されたと聞いたことがある。競売にかければ金貨一万枚は下るまい」

「……マジか。アイツ、そんな高いものをよこしてきたのか？」

どうやら、ファウストは相当に高価な品物をよこしてきたようだ。

（おかしな下心でもあるんじゃないよな？　ファウストにかぎってそんなことは……無茶《むちゃ》苦茶《くちゃ》、ありえそうだけど）

「国宝にも匹敵《ひってき》する品のようだが……本当に、そんなものをくれる友人がいたのか？」

「レンカ、恩人のカイムさんに詮索《せんさく》は失礼ですよ。そんなことよりも服を着替《きが》えましょう」

ミリーシアがレンカを窘《たしな》めながら、木箱からドレスと下着を取り出した。

レンカもまた自分の着替えを引っ張り出し、カイムの方をキッと睨《にら》みつけてくる。

「私とお嬢様はあちらで着替えてくる。わかっていると思うが……覗《のぞ》くなよ？」

「おいおい……俺が婦女子の着替えを覗くような下種だったら、君達の貞操《ていそう》はとっくに存在しないと思うが？」

カイムは肩をすくめて、「襲《おそ》おうと思えばいつでもできる」と言外に主張する。レンカはわずかに表情を顰《しか》めたが、何も口にすることなくミリーシアを連れて洞窟《どうくつ》を戻っていく。

「……信用ないな。まあ、盗賊に襲われかけたばかりだから仕方がないか」

去っていく二人を見送り、カイムは戦利品をバッグに入れる作業を再開させる。

盗賊の遺産は金銀などの高価な財物も多いが、それ以上に質の良い武器が多かった。

首領も魔剣などという高価なものを持っていたことだし、ひょっとしたら、何者かが武器や資金を提供していたのかもしれない。

「……どうせ俺には関係のないことだけどな。死んだ盗賊の素性《すじよう》なんてどうでもいい」

盗賊はすでに壊滅した。死人に口なし。どうせ事情を確認することもできないのだ。答えの出ない問いに悩《なや》んでも意味はない。

カイムは頭に浮《う》かんだ疑問を捨て去り、目につく物を片《かた》っ端《ぱし》からアイテムバッグに放《ほう》り込んでいった。


「よし、こんなものだな。俺の方の準備はこれで整ったが……」

「お待たせいたしました。カイムさん」

カイムが目ぼしいものをアイテムバッグに収納したタイミングで、着替えに行っていた二人が戻ってきた。ミリーシアが着ているのは水色の簡素なドレス。裾《すそ》はやや短くて動きやすさを重視しており『お出かけ用のオシャレな服』といった服装だ。

「待たせてしまってすまない。着替えを覗きにも来なかったようだし、感心なことだ」

レンカは金属製の軽鎧《けいよろい》をきっちりと身に着けている。どうやら、彼女《かのじょ》は女騎士《おんなきし》だったようである。ミリーシアの身辺警護をする護衛役といったところだろうか？

「婦女子の着替えを覗くなんてくだらない真似《まね》をするかよ。どれだけ信用がないんだ」

「そうですよ、レンカ。カイムさんに失礼ではありませんか」

「ムッ……すまない。これは失礼をした」

主人のミリーシアにまで責められて、レンカがわずかにたじろいで目を伏《ふ》せる。

「しかし……何故《なぜ》だかわからないのですが、その男を見ていると胸がムカムカしてくるというか、妙《みょう》に落ち着かない気持ちになるのです。間違《まちが》いなく初対面のはずなのですが……まるでそれ以上の関係があったような気分になってしまいまして」

言いながら、レンカは自分の唇を指で撫でている。無意識の仕草なのだろうが……そこは彼女を治療するにあたってカイムが貪ったところだった。

「え……レンカもなのですか？　実は私もです」

レンカの言葉に、ミリーシアまでもパチクリと瞬きをする。

「実を言うと、私もカイムさんを見ていると心臓がドキドキと高鳴ってきて、頬《ほお》が熱くなってくるのです。私の身体、どうなってしまったのでしょう？」

「き、気のせいだと思うけどな。おそらく、盗賊に飲まされた薬の後遺症《こういしょう》じゃないか？　早く町に行って、十分な休息を取ったほうがいいと思うぞ！　うん！」

「……カイムさんの言う通りですわね。私達の荷物もまとめて、ここを出ましょうか」

「フウ……」

カイムは何とか話題を逸らすことに成功して、二人に気づかれないよう安堵の息を吐く。

「だけど……これだけの荷物をどうやって運ぶつもりだ？　君達が乗っていた馬車も壊《こわ》されてしまったようだし。必要ならば俺のアイテムバッグに入れてもいいが……」

盗賊から奪った戦利品はアイテムバッグに入れたが、ミリーシアらの荷物がまだ残っている。荷物はかなりの量で、そのまま運ぶには無理があった。

「ああ、大丈夫ですわ。私達も収納アイテムは持っていますから」

ミリーシアが荷物を探《さぐ》り、手の平に乗る大きさの木箱を取り出す。装飾《そうしょく》の施《ほどこ》された箱を開けると簡素なデザインの指輪が入っていた。

「この指輪にはカイムさんのバッグと同じように空間魔法《まほう》がかけられており、持ち物を収納することができます。これがあれば……ほら」

ミリーシアが残っていた荷物を一瞬で収納した。指輪に吸《す》い込まれるようにして大量の荷物が消えてしまう。

「これですぐにでも出発できますわ。行きましょうか」

右手の人差し指に指輪を嵌《は》めて、ミリーシアがニッコリと微笑《ほほえ》みかけてくる。

「ああ……そうだな」

カイムは頷きながら内心に生じた疑問に眉根《まゆね》を寄せた。レンカが説明していたように、大量の物品を収納することができるアイテムは稀少《きしょう》で、時に国宝ほどの価値がある。ならば、ミリーシアの指輪にも同じだけの価値があるのではないだろうか？

（むしろ、アッチの方が高価そうだな。形状も指輪だから持ち運びには便利だし、武器を隠していざという時に取り出したりとかもできるよな）

ミリーシアが何者なのか気になるところである。ひょっとしたら、目玉が飛び出るような高貴な身分の人間なのかもしれない。

（だとしたら……ますます、唇を奪ったことを知られるわけにはいかないな。不敬罪やら何やらで命を狙《ねら》われたら面倒《めんどう》だぞ）

「どうされましたか、カイムさん？」

「いや……ずっと洞窟の中にいたから、身体が冷えてきたようだ。背筋に悪寒《おかん》が走った」

「そうですか？　申し訳ありません、私達が準備に手間取ってしまったせいで……」

「別にいいさ。そんなことよりもさっさと外に出よう。いい加減に太陽が恋《こい》しくなってきた」

カイムは申し訳なさそうに顔を覗き込んでくるミリーシアから視線を背《そむ》け、足早に洞窟の出口に向かうのであった。

盗賊のアジトである洞窟から出たカイムと女性二人は、そのまま壊れた馬車が転がっていた街道《かいどう》まで戻った。そこにあった痛ましい光景は変わらない。馬車の周囲に倒れている男達の姿にミリーシアが痛ましげに声を漏《も》らす。

「皆《みな》さん……私を守るためにこんなことに……」

「お嬢様……」

地面に崩《くず》れ落ちて唇を震《ふる》わせるミリーシア。護衛のレンカがその背中を支えて、こちらも表情を蒼褪《あおざ》めさせている。

馬車の周囲に倒れている男達はミリーシアを守る護衛だったらしい。主人を守るために襲撃《しゅうげき》してきた盗賊と戦い、力及ばず倒れてしまったようだ。ミリーシアは盗賊によって連れていかれ、護衛の中で唯一《ゆいいつ》の女性であったレンカだけが生き残ったのだ。

「そいつらの身体を埋葬《まいそう》するつもりなら手伝うが……どうする？」

「……いいえ、指輪に入れて連れていきます。私を守るために死んでしまった彼らを、せめて故郷の地で弔《とむら》ってあげたいので」

ミリーシアは唇を噛《か》みしめて悲しみを堪《こら》えながら、護衛の遺体を指輪に収納していく。

最後に壊れた馬車の残骸《ざんがい》をしまうと……カイムの方に向き直って頭を下げる。

「改めて……ありがとうございます。カイムさんのおかげで私達は救われ、こうして臣下を弔うこともできます。この御恩《ごおん》は一生忘れません」

「別に構わないさ。俺だって盗賊の貯めこんでいた宝を手に入れたからな」

カイムは盗賊から奪った戦利品を収めたマジックバッグを叩《たた》き、肩をすくめた。

金に困っていたわけではないが、カイムは無職で何の後ろ盾もない旅人である。盗賊から奪った莫大《ばくだい》な財は決して無駄《むだ》にはならないだろう。

「つきましては……カイムさんに何かお礼をしたいのですが、その……」

ミリーシアは言いづらそうに言葉を濁《にご》し、形の良い眉《まゆ》を『ハ』の字にする。

「……今の私はわけあって旅の最中。着替えや食料はありますが、路銀に余裕《よゆう》があるわけでもありません。十分な御礼《おれい》を用意するには時間がかかってしまいまして……」

「礼なんていらないって。気にするな」

「いえ、命を救われたというのにそういうわけにはまいりません。それに、その……」

ミリーシアは言葉を止めて、両手の指を合わせてモジモジと恥じらうようにする。

カイムが首を傾《かし》げていると……仕方がないとばかりにレンカが進み出てきた。

「……盗賊から助けてもらった礼もしていないのに、こんなことを頼《たの》むのは恐縮《きょうしゅく》なのだが……貴殿を護衛として雇《やと》いたいのだ」

「俺を？　どうして、また？」

「……騎士として恥《はじ》をさらすようだが、私だけではお嬢様を守ることは難しい。これまでの非礼は謝《あやま》るので、どうか助力をいただけないだろうか？」

レンカは悔《くや》しそうな表情で頭を下げる。彼女もわかっているのだろう。今回のようなアクシデントがあった場合、自分だけではミリーシアを守り切れないことが。

力不足を認めるのはさぞや悔しいことだろう。カイムのことを完全に信じたわけでもないのだろうが……それでも、主人のために恥を忍んで頭を下げているのだ。

「うーん、言いたいことはわかるが……君らはどこに向かっているんだ？」

「この国の王都に行くつもりです。カイムさんにはそこまでご同行をお願いしたいのです」

カイムの問いにミリーシアが答える。

「すぐに御礼は用意できませんが、必ず報酬をお支払《しはら》いいたします。ですから、どうか私達とご一緒してはいただけないでしょうか？」

「王都か……」

真摯《しんし》な訴《うった》えに心を動かされそうになりながら……カイムは残念そうに首を振《ふ》った。

「……ダメだな。行き先が王都じゃ一緒にはいけない。俺が向かっているのと逆方向だ」

カイムが向かっているのは東にあるガーネット帝国《ていこく》。王都があるのは西方向である。

寄り道が許されないほど旅を急いでいるわけではないが……だからといって、悠長《ゆうちょう》に遠回りをするつもりはなかった。

(親父が俺を指名手配しないとも限らないしな。せっかく気持ち良く旅をしているっていうのに、追いかけ回されたら堪《たま》ったもんじゃない)

今のカイムであれば簡単に討《う》ち取られることはないだろうが……余計な戦いがしたいわけではない。カイムの目的は新しい故郷と家族を見つけることであり、戦いを生きがいにしている戦闘狂《せんとうきょう》というわけではないのだから。

(俺がぶちのめした親父だって、このまま黙《だま》っていてくれる保証はない。毒を受けた身体をまともに動かせるようになるまで時間がかかるだろうが……アレでも一応は伯爵《はくしゃく》。貴族だ。俺を犯罪者としてお尋《たず》ね者にすることくらいはできるはず)

最悪の場合、ジェイド王国の全兵力を敵に回しかねない。

「……そういうわけで、君らを王都まで護衛はできない。近くの町までだったら送っていってやるから、そこで人を雇うと良い」

「そんな……！　ちなみに、カイムさんが向かっているのはどちらなのでしょう？」

「王国東方――ガーネット帝国。大陸東部の覇者《はしゃ》と呼ばれている大国だ」

「ッ……！」

隠す必要もなく明かした目的地にミリーシアが瞳《ひとみ》を見開いた。

しばし迷うように視線を彷徨《さまよ》わせていたが……やがて意を決したように口を開く。

「なるほど……そういうことでしたら、こちらも目的地を変更《へんこう》させていただきます」

「ん……？」

「改めて依頼《いらい》を出させていただきます。私達をガーネット帝国の帝都《ていと》まで送ってはいただけませんか？　もちろん、報酬はお支払いいたしますので」

そう発したミリーシアの両目。青い瞳には強い覚悟《かくご》の色が宿っていた。

帝国までの護衛を依頼されたカイムはその願いを了承《りようしよう》した。

護衛を殺されて頼《たよ》るものを失った彼女達《かのじよたち》に同情する気持ちもあり、向かう先が一緒であるならばと同行を許したのだ。

カイムが一行の先頭を歩き、その後ろをレンカが、最後尾《さいこうび》を盗賊から奪った馬に乗ったミリーシアが続く。馬は一頭しかいなかったため、騎乗《きじよう》しているのはミリーシアだけだ。

「お嬢様……本当によろしかったのでしょうか？」

旅の途中、レンカがカイムに聞こえないように声を潜《ひそ》めて、馬上のミリーシアに訊《たず》ねた。

「レンカ……その話はもう済ませたでしょう？　しつこいですよ」

「何度だって言わせてもらいます。わざわざ帝国に戻るだなんて正気の沙汰《さた》ではありません。何のために、あの御方がお嬢様を逃《に》がしてくださったと思っているのですか？」

「……逃げるべきではありませんでした。役割を放棄《ほうき》して安全な場所に逃げるなど許されない。だからこそ、盗賊に捕《つか》まってしまうなどという罰《ばつ》が与《あた》えられたのでしょう」

レンカの忠言を受けるも、ミリーシアが決然として首を振った。

「帝国に向かうカイムさんと出会ったのも運命……天意に違《ちが》いありません。帝国に戻って義務を果たせと運命が言っているのです。私はもう逃げるつもりはありません。たとえ命を落とすことになろうとも……己《おのれ》の果たすべき役割に立ち向かうつもりです」

「お嬢様……まさか、そのようにお考えとは……」

主人の言葉に、レンカが感極《かんきわ》まったように涙声《なみだごえ》になる。

「お嬢様がそこまで覚悟を決めているのでしたら、このレンカ、是非《ぜひ》もございません。先日のような失態はいたしません。今度こそ命懸《いのちが》けでお嬢様をお守りすると誓《ちか》います！」

「ありがとう、レンカ……これからも、私を支えてくださいね？」

「…………」

カイムは背後で繰り広げられる主従の絆《きずな》に溜息を吐く。内緒話《ないしょばなし》で勝手に盛り上がっているようだが……その会話の大部分は聞こえてしまっていた。

闘鬼神流《とうきしんりゅう》を修めたカイムは圧縮魔力《まりょく》を纏っていなくとも、普段《ふだん》から五感が研《と》ぎ澄《す》まされている。その気になって耳をすませば、数百メートル先で針を落とした音だって聞き取れるのだ。数メートル後方の女性二人の会話を聞き逃《のが》すわけがない。

（厄介事の匂いがするぜ……それはもう、プンプンと妖《あや》しく匂っていやがる。この二人に

同行を許したのは間違いだったかもしれないな)

断片的《だんぺんてき》な会話の内容だけでは、ミリーシアらが何を背負っているのかまではわからなかった。だが……間違いなく、カイムにとって望ましくないものに違いない。

(余計なトラブルに巻き込《こ》まれたくないから帝国に逃げようとしているんだが……かえって面倒に巻き込まれてないか？　今からでも、コイツらを捨ててしまおうか？)

などと非情な考えが頭に浮かぶが……それを実行することはできない。カイムは二人の女性に情が移っていることを自覚していた。

(男という生き物は、どうしたって初めての女を特別扱《とくべつあつか》いしちゃうものなんだな……相手がかなりのレベルの美女ときたら、なおさらだ)

洞窟にいた時点で気がついていたが……明るい場所に来て改めて思う。ミリーシアとレンカはいずれもハイレベルな美少女と美女だった。

ミリーシアは見るからに育ちの良い令嬢。滝《たき》のように背中を流れる金色の髪《かみ》。大粒《おおつぶ》の宝石を埋《う》め込んだがごとき青い瞳。上質な絹のように滑《なめ》らかな白い肌《はだ》。顔の造形はまるで神が創りたもうた芸術品。宗教画に描《えが》かれている女神《めがみ》のような幻想的《げんそうてき》な美少女である。

一方のレンカは雌獅子《めすじし》のように健康的で力強い女性だ。程良《ほどよ》い筋肉がついた手足。日焼けした健康的な肌。鎧で隠されているがスタイルはバツグンで、扇情的《せんじょうてき》なドレスに着替えたらさぞや魅力的《みりょくてき》になることだろう。ミリーシアのような幻想的な美貌《びぼう》こそないものの、生命力にあふれた気の強そうな顔立ちは間違いなく多くの人間の目を奪うに違いない。

（こんな美女と俺はキスしたんだな……ああ、畜生！　あの時のことが忘れられないじゃないか！　これじゃあ、どっちが薬で魅了《みりょう》されていたんだかわからない！）

「ところで……カイムさんはおいくつなのでしょう。同年代に見えますけど……」

「は……あ、ああ。俺の話か？」

悶々《もんもん》と考え込んでいたところに後ろから声をかけられ、カイムは反応が遅《おそ》くなってしまった。いくら五感が強化されていても、話を聞き流していれば意味がない。

「俺は……十八だよ。すでに成人している」

厳密に言うと、『カイム・ハルスベルク』として生きた年数は十三年である。しかし、数百の齢《よわい》を重ねた『毒の女王』と融合《ゆうごう》したことで肉体は成長しており、精神的にも大きく変化していた。もはや『十三歳《さい》』とはとても言えまい。

「ああ、私と同い年なのですね！　これは奇遇《きぐう》です！」

何故《なぜ》か嬉《うれ》しそうな表情で、ミリーシアが両手を合わせた。

「レンカは二十歳《はたち》なんですよ？　私達、三人とも年が近いですね！」

「……そうだな」

「私達、もう結婚《けっこん》して赤ちゃんがいてもおかしくない年齢《ねんれい》ですね。少し前まで子供だった気がするのに不思議なものです。そういえば……カイムさんは不思議な髪と眼をしていますね。私達が子供を作ったら、どんな髪と瞳の子供が生まれるのでしょう？」

「どうして俺にそんな話をするんだよ⁉　リアクションに困るだろうが⁉」

カイムが思わず声を荒《あら》らげると、ミリーシアは「あ！」と声を上げて口元を手で隠す。

「も、申し訳ありません。どうしてでしょうか……？　カイムさんを見ていると不思議と高揚《こうよう》してしまい、何故かこんなことを……私ってば、どうしてしまったのでしょう？」

「…………」

ミリーシアが照れて顔を赤くさせた。知らないふりをしているだけで、ひょっとしてカイムとのキスを覚えているのではないだろうか？

カイムは前方に顔を向けて引きつった顔を見られないように隠すが……ちょうどそのタイミングで、背筋をピリッと刺《さ》すような感触が襲った。

「……どうやら、おしゃべりはここまでのようだ。敵襲《てきしゅう》だ」

「なっ……また盗賊か⁉」

レンカが腰《こし》の剣《けん》を握《にぎ》りながら周囲を見回す。まだ襲撃者《しゅうげきしゃ》の姿は肉眼で捉《とら》えられる位置にはないが……カイムははっきりとその害意を感じ取っていた。

「いや……今度は魔物《まもの》の襲撃らしい。ほら、じきに出てくるぞ」

カイムが街道横に広がった森の方角を指差した。

数秒後、生い茂《しげ》った木々を掻《か》き分けて身長二メートルほどの大きな影《かげ》が飛び出してきた。

「あれは……オークですか⁉」

森から現れたのは大量の脂肪《しぼう》をタプタプと揺《ゆ》らした人型の豚《ぶた》。『オーク』と呼ばれている、ゴブリンと並んでメジャーな魔物の姿だ。

「何だ、オークではないか」

森から出てきたオークの姿を目にして、レンカが自信満々な表情で剣を抜《ぬ》く。

「オークは『男爵級《だんしやく》』の魔物。決して弱くはないが、私だけでも問題なく倒《たお》せる魔物だ。汚名返上《おめい》……カイム殿《どの》、ここは私に任せてもらえないだろうか？」

「任せるのは構わないが……あの数の敵を倒せるのか？」

「へ……？」

カイムの問いにレンカが目を瞬かせるが……すぐにその言葉の意味を理解することになる。森から出てきたオークであったが、最初の一匹《いっぴき》を皮切りにどんどん姿を見せたのだ。

「「「「グモオオオオオオオオオオオオオッ！」」」」

「なあっ⁉　どうして、あんなに大勢のオークが⁉」

森から出てきたオークはざっと見て三十匹ほど。とてもではないが、レンカ一人で相手にできる数ではなかった。理性をどこかに飛ばしてしまったように目を爛々《らんらん》と光らせており、猪《いのしし》が突進《とっしん》するような勢いで三人がいる方向に押し寄せてきている。

「そんな……いったい、何が起こっているのですか⁉」

森から次々と出てくる魔物の姿に、ミリーシアも驚《おどろ》きの叫《さけ》びを上げた。跨《また》がっている馬が混乱して暴れ出そうとしているのを必死になって抑えている。

「うーん……どうして、どうしてか？　あのオーク共、随分と興奮しているみたいだが……」

カイムは意味ありげに二人の女性を盗《ぬす》み見た。

オークの有名な生態として、他種族の雌《めす》を攫《さら》ってきて性的に襲うことが知られている。オークという魔物は人間やエルフの女性を見つけると、捕《と》らえて巣に持ち帰り、その女性が死ぬまで犯《おか》し続けるのだという。オークに雌がいないわけではない。そもそも、他の種族と性交しても子供が作れるわけでもない。それなのに……何故か必ずと言っていいほど女性を生け捕《ど》りにしたがるという謎《なぞ》の習性があるのだ。

（考えられる理由としては……この二人の匂いを嗅《か》ぎつけて、襲うために出てきたのか？）

ミリーシアとレンカ。タイプは異なるが二人とも類まれな美少女と美女である。魔物であろうと理性を失ってしまってもおかしくはなかった。

おまけに、彼女達は半日前まで盗賊に媚薬《びやく》を飲まされて強制的に発情させられていたのだ。水で洗って身体を清めていても、落としきれない『牝《めす》』の匂いがするのかもしれない。

「一難去ってまた一難。良い女を連れていると気苦労が絶えないものなんだな」

「カイムさん、落ち着いている場合ではありません！　早く逃げないと……！」

「問題ない。君達は巻き込まれないように離《はな》れていろ」

驚くミリーシアに軽く手を振り、カイムが前に進み出た。

「そんな……！　いくらカイムさんでも、あの数は無理です！　逃げましょう！」

「問題ないって言っただろ？　というか、その怯《おび》え切った馬でどうやって逃げるんだよ」

ミリーシアが乗った馬はひどく興奮してしまっている。下手に逃げようとすれば、背中のミリーシアを振り落として走り去ってしまうだろう。

「どうせ逃げきれないんだ。ここでまとめて片付けさせてもらおうか！」

「ああっ！　カイムさん!?」

ミリーシアの制止を無視して、カイムが駆《か》け出した。オークとの距離《きょり》はまだ十分にある。

今ならばミリーシアとレンカを巻き込むことなく戦うことができるだろう。

「たかが『男爵級』。サクッと片付けて先を進もうか？」

カイムは獰猛《どうもう》な獣《けもの》の笑《え》みを浮かべ、身体の周囲に圧縮した魔力をまとった。忌《い》まわしき父から受け継《つ》いだ最強の武術——闘鬼神流を発動させる。

広範囲《こうはんい》に毒を散布すれば一瞬《いっしゅん》だが……同行者が見ている前で迂闊《うかつ》に毒は使えない。風で毒が流されて彼女達が被害《ひがい》を受けてもいけないし、武術で片付けることにする。

「まあ……毒なんて使わなくても余裕だけどな！」

「ゴアアアアアアアアアアアッ！」

先頭のオークが腕《うで》を振りかぶり、丸太のように太い棍棒《こんぼう》を叩きつけてきた。二メートルの巨体《きょたい》、野太い腕から放たれる打撃《だげき》は強力。全身鎧の騎士でも直撃《ちょくげき》すれば致命傷《ちめいしょう》になる。

「フンッ！」

カイムは避《よ》けることすらしない。正面から、叩きつけられる棍棒に向かって拳打《けんだ》を放った。

「ブギャアッ⁉」

圧縮した魔力を込めた拳が棍棒を打ち砕《くだ》き、そのままオークの胴体《どうたい》に着弾《ちゃくだん》する。衝撃《しょうげき》が背中まで突《つ》き抜けてオークの胴体に拳大《こぶしだい》の穴が穿《うが》たれた。

「さあ、ガンガン行こうか！　盗賊のアジトでは軽い運動しかできなくて溜《た》まってるんだ。存分に相手をしてもらうぞ！」

「ゴアアアアアアアアアアアアッ！」

「ハハハッ！　いいぞ、来やがれ！」

不敵に笑ったカイムに向かって、仲間を殺されたオークが殺到《さっとう》してくる。個体で勝てないならば数で圧《お》し潰《つぶ》すつもりなのか。棍棒や拳、拾った石を振りかぶって襲いかかってきた。

「なかなかの蛮勇《ばんゆう》！　まさに猪突猛進《ちょとつもうしん》だな！」

カイムは迫《せま》ってくるオークの頭部を蹴《け》り、胴体を殴《なぐ》り、手足を叩き折り……次々と地面に沈《しず》めていく。この状況《じょうきょう》でカイムにとって最も厄介なのは、オークがカイムを無視して後ろの女性二人を襲いに行ってしまうことである。

「もちろん、そんなことはさせないけどな！」

カイムは自分を無視してミリーシアらを狙おうとするオークを優先して仕留めていく。

一匹一匹確実に倒していき、どんどんオークは数を減らしている。この調子ならば、五分とかからずに全滅《ぜんめつ》させることができるだろう。

「ゴアアアアアアアアアアアアッ!!」

「む……」

だが……そう簡単には終わらない。オークが現れた森の中から、新たな怪物《かいぶつ》が顔を出す。

通常のオークよりも二回りは大きく、贅肉《ぜいにく》ではなく筋肉の鎧と黒い体毛に覆《おお》われた巨躯《きょく》。真っ赤な瞳が爛々と輝《かがや》いて不気味な光を放っている。

「へえ……親玉のお出ましかよ！　面白《おもしろ》くなってきたじゃないか！」

カイムはその魔物について知っている。『毒の女王』の記憶《きおく》の中にその知識があった。

「ジェネラル・オーク！　突然《とつぜん》変異の上位種か！」

「ゴアアアアアアアアアアアアアアアッ!!」

ジェネラル・オーク。オークの突然変異によって生まれる異形の魔物。その階級はオークよりも二段上の『伯爵級』。ベテランの上位ランク冒険者《ぼうけんしゃ》がパーティーを組み、決死の覚悟でようやく討伐《とうばつ》できる強力な魔物がカイムめがけて襲いかかってきた。

「あれはまさか……ジェネラル・オーク⁉」

「いけない！　カイム殿、早く逃げるんだ！」

「あー、いいから引っ込んでいてくれ。俺は問題ない」

現れた巨体の魔物に気がついて、離れた場所で戦いを見守るミリーシアとレンカが叫ぶ。

カイムは特に気負うこともなく返事をしながら、後方の二人にヒラヒラと手を振った。

「グッヒッヒッヒッヒ！」

ジェネラル・オークはカイムの方を見ていなかった。巨大《きょだい》な豚の怪物はミリーシアとレンカを見つめており、その瞳は情欲に染まっている。

『あの牝は俺のものだ。必ず犯す』

濁り切った瞳からはそんな意思がハッキリと伝わってきた。

「フンッ、狒々爺《ひひじじい》みたいに好色そうな目をしやがって。豚の分際で、戦いの最中に美女に見惚《みと》れてるんじゃねえよ！」

ジェネラル・オークはカイムから視線を逸《そ》らし、二人の女性を見ている。カイムを敵とみなしていない。手下を皆殺《みなごろ》しにしたカイムに、「お前なんて相手をする価値もない」と舐《な》めてかかっていた。

「格下の相手に見下されるのは気分が良くないな。とりあえず……殺すか？」

「ブフオオッ⁉」

カイムの身体から爆発《ばくはつ》するような勢いで強烈《きょうれつ》な殺意が放たれた。肌を削《けず》るような鋭《するど》い殺《さつ》戮《りく》の意思をぶつけられ、弾《はじ》かれたようにジェネラル・オークが振り返る。

「どうした、冷や水を浴びたような顔をしてるぞ？　ようやく気が付いたのか……自分が狩《か》られる側の存在だと」

「ブフウッ……！」

「そうだ。怒《おこ》れ怒れ。怒《いか》りを振り絞《しぼ》ってぶつけてこい。正面から叩き潰してやるからよ！」

「グモオオオオオオオオオオオオオオッ!!」

カイムの挑発《ちょうはつ》を受け、ジェネラル・オークがカイムめがけて襲いかかってきた。太い腕に握りしめているのは巨大な鉈《なた》のような剣。おそらく、旅人か冒険者から奪い取った物だろう。

ジェネラル・オークの太刀《たち》筋《すじ》には技術も何もあったものではない。腕力《わんりょく》に任せて剣を振り下ろすという原始的な戦い方だった。

「闘鬼神流——【青龍《せいりゅう》】！」

だが……それが通用するのはせいぜい一流の戦士まで。超一流《ちょういちりゅう》の達人、カイムのような常識外れの怪物には、ジェネラル・オークの荒っぽい技など蟷螂《とうろう》の斧《おの》のようなものだった。

「フンッ！」

「グブフウッ⁉」

カイムは圧縮魔力をまとった右腕《みぎうで》でオークの大剣《たいけん》を受け止めた。金属がぶつかり合うような音が鳴り響《ひび》き、火花が散る。しかし、カイムにはかすり傷すらできていない。

「腕力頼《わんりょくだの》みの鈍《にぶ》い刃《やいば》……せめて、刀身に魔力を通すくらいのことはしてもらいたいな」

「グッフォオッ⁉」

「遅せえよ、今さら逃がすか！」

慌《あわ》てて退こうとするジェネラル・オークに反撃《はんげき》を叩きこむ。右手を袈裟懸《けさが》けに振り抜いて、大剣もろともジェネラル・オークを両断する。

巨大な体躯《たいく》が斜《なな》めに切断され、ズルリと上半身が地面に滑《すべ》り落ちる。残された下半身も少し遅《おく》れて地面に倒れていく。

闘鬼神流・基本の型――【青龍】

これは腕などに纏《まと》わせた圧縮魔力を極限まで研ぎ澄まし、刃のような性質を持たせる技である。小刻みに振動《しんどう》を繰り返す魔力の刃は『高周波ブレード』と呼ばれるものに類似《るいじ》しており、威力《いりょく》は見ての通り。熟練の鍛冶師《かじし》が鍛《きた》えた名刀にも劣《おと》らぬ切れ味だった。

「すごい……これがカイムさんの御力《おちから》……」

「馬鹿な……！　ジェネラル・オークは『伯爵級』の魔物。騎士団《きしだん》が討伐に駆り出されることもある怪物だぞ⁉　まさかそれを単身で撃破《げきは》するなんて……！」

「『魔剣姫《まけんひめ》』、『暴風王』、『拳聖』……カイムさんはSランク冒険者に匹敵する戦闘能力《せんとうのうりょく》を持っているようですね。どうして、これほどの実力者が無名だったのでしょう？」

少し離れた場所で、ミリーシアとレンカが驚きに満ちた声で会話をしている。

初めての経験だったが……美女に褒《ほ》め称《たた》えられるのは悪い気分ではなかった。カイムは軽く腕を回しながら得意げな表情で振り返る。

「さて……宣言通り、大丈夫《だいじょうぶ》だったろう？　このまま先を急ぐか？」

「は、はい……あ、出発する前に魔石《ませき》を回収していきましょう。ジェネラル・オークの魔石となればそれなりの値で売れるはずです」

「魔石……ああ、あったな。そんなもの」

カイムは思い出したように頷《うなず》き、二つに切断されたジェネラル・オークの死骸《しがい》を見下ろした。魔石は魔物の体内で作られる魔力の結晶《けっしょう》である。強力な魔物ほど大きく、純度の高い魔石が生成され、武器や薬を作る素材として高値で取引されるのだ。

「『伯爵級』の魔物の魔石となれば家が建つほどの値段になるはずです。他のオークの魔石も数が多いですし。集めておけば、しばらく生活に困らないと思いますよ？」

「そうか。それじゃあ、手早く回収するとしよう」

カイムは腕に【青龍】の刃を纏わせ、ジェネラル・オークの身体を解体する。

バラバラになった身体から魔石を抜き取り、同じことを他のオークにも繰《く》り返していく。いい加減な手つき。完全に魔物の解体をしたことがない初心者丸出しのやり方だった。

「うっ……」

カイムの荒っぽすぎる解体に、ミリーシアが吐《は》き気《け》を催《もよお》して顔を背けた。

「あー……悪いな。こういう細かい作業は苦手なんだ」

「いえ……申し訳ありません。お手伝いもできず。オークの討伐もカイムさんに任せてしまい、本当に手間ばかりをかけてしまって……」

「構わない。護衛として雇われていることだし、仕事に含《ふく》まれている。感謝するなら報酬《ほうしゅう》をはずんでくれればいい」

「はい、必ず。絶対にカイムさんに満足いただける報酬を用意して見せます……絶対に！」

ミリーシアが胸の前で両手を組み、何か重大な決意をしたような真剣《しんけん》な顔つきになる。

「……………？」

カイムは妙に真に迫った様子のミリーシアに不思議そうな顔になりつつ、作業を再開させるのであった。

○　　○　　○

「何だ……いったい、何なのだ。あの男は……！」

オークの群れと戦っているカイムの姿を見て、レンカは胸の奥《おく》で溶岩《ようがん》のように熱いものが噴《ふ》き出すのを感じていた。

（私が男に対して興味を持つだなんて……これは何の冗談《じょうだん》だ？）

悔しそうに唇《くちびる》を噛みながら、レンカはバクバクと高鳴る胸の鼓動《こどう》を抑《おさ》えられなかった。

レンカは東の大国であるガーネット帝国に生まれた。実家は騎士の家系であり、レンカもまた幼い頃《ころ》から剣術《けんじゅつ》を学んでいる。

才能に恵《めぐ》まれたレンカの剣の腕は同年代では勝てるものがいないほどで、訓練では男であっても容赦《ようしゃ》なく叩きのめしてきた。

今回は盗賊《とうぞく》相手に後《おく》れを取ってしまったものの、それはあくまでも不意打ちで襲撃を受け、さらにミリーシアを庇《かば》って戦っていたからである。実力で負けたとは思っていない。

レンカにとって、男という生き物は図体《ずうたい》とプライドが大きいばかりの木偶《でく》の坊《ぼう》。尊敬や興味を向ける対象ではなかった。

（それなのに……どうして、あの男が戦っている姿から目を逸らせないのだ？　この私が、まるで恋する乙女《おとめ》のように……！）

「カイムさん、なんて素敵《すてき》なのでしょう……やはり、貴方《あなた》は私の運命の人……！」

「み、ミリーシアお嬢様《じょうさま》!?」

レンカの隣《となり》では、馬から降りたミリーシアまでもが夢見るような瞳でカイムを見つめていた。頬を薔薇色《ばらいろ》に染めて、瞳を潤《うる》ませて……まるで恋する乙女のように。

（ま、まさか私もこんな顔をしているのか!?　この私が!?）

レンカは思わず頬に両手を当てた。

洞窟《どうくつ》で助けられてから、カイムのことは気になっていた。それは見知らぬ男に助けられて貸しを作ってしまったことへの苛立《いらだ》ちだと思っていたが……まさか、それ以上の感情があるというのだろうか。

(あ、ありえない！　そうだ、これは薬の後遺症か何かだ。盗賊におかしな薬を飲まされたせいで、身体がまだ混乱しているのだ！)

「ゴアアアアアアアアアアアッ！」

レンカが必死に言い聞かせていると、森の奥から巨大なオークが現れた。変異種であるジェネラル・オークだ。

「いけない！　カイム殿、早く逃げるんだ！」

いくらカイムが強いといっても、単身で『伯爵級』の魔物に勝てるわけがない。レンカが慌てて叫ぶが……その心配は完全に杞憂《きゆう》だった。

カイムは武器すら使うことなくジェネラル・オークを打ち倒し、無傷で勝利したのである。

「馬鹿な……！」

勝てるわけがないと思っていたのに、あっさりと勝利してしまった。

あり得ないほどの強さ。これまで出会ってきた全ての男を上回る圧倒的《あっとうてき》な強者。

(何という常識はずれな強さだ。カイム殿を見ていると、見ていると……！)

「ぬ、濡《ぬ》れる……」

レンカは思わず、そう口にしてしまった。

カイムを見つめていると下腹部が熱くなって堪らない。ジクジクと女性特有の蜜《みつ》が滲《にじ》んできて……甘《あま》い痺《しび》れが全身に走る。

(あ、あの男に尻《しり》を叩いてもらいたい……首輪をつけて、町中引きずり回して欲《ほ》しい……)

「……って、私は何を言っているのだ⁉ この私が、まるで痴女《ちじょ》みたいに……⁉」

「レンカ、何をしているのです。早く行きますよ」

「は、はいいいいっ！ すぐに行きます！」

甘い妄想《もうそう》に浸《ひた》っていたレンカは、慌てて主人を追いかける。

彼女《かのじょ》が歪《ゆが》んだ性癖《せいへき》に目覚める日は、刻一刻と近づいてきているのだった。

○　○　○

オークの襲撃を乗り越《こ》えた一行は、ようやく目的の町へ到着《とうちゃく》した。

「これはもしかして海……じゃなくて、でっかい川なのか⁉」

丘《おか》の上からその町を見下ろし、カイムは子供のように叫んだ。

視線の先には景色を上下に両断しながら広大な運河が流れており、そのほとりに大きな町が築かれていた。ジェイド王国とガーネット帝国を隔《へだ》てる河川《かせん》である『フルーメン大河』。そして、そのほとりに築かれた国境の町『オターリャ』への到着である。

「すごい……すごいな！　あんなに広くてデカい川は初めて見たぞ！」

カイムが住んでいた村にも川くらい流れていたが、もちろん、フルーメン大河とは比べる余地もないような小さなものである。

カイムは生まれて初めて見る大河の景色に瞳を輝かせて両手を上げる。

「ふふっ、カイムさんってば子供みたい」

「意外と幼いところがあるのだな。少しだけ、印象が変わったぞ？」

思わずはしゃいでしまったカイムの姿に女性二人が微笑《ほほえ》ましそうな顔になっていた。

「なっ……仕方がないだろうが！　こんな大きな川は初めてなんだから⁉」

「いえいえ、悪いなんて言っておりません。むしろ可愛《かわい》くて素敵です」

「貴殿《きでん》はもっと冷酷《れいこく》で感情の乏《とぼ》しい人間かと思っていたが……私の勝手な思い込みだったらしい。謝罪させてもらう」

「謝らなくていいから忘れてくれると有り難《がた》いんだけどな！　ああ、畜生《ちくしょう》め！」

カイムは照れ臭《くさ》さを隠《かく》すために頭を掻いて、逃げるように丘を駆け降りた。町の正門に向かっていくと、そこには長蛇《ちょうだ》の列ができている。

「……どうやら、衛兵の検問があるようだな。これだけ大きな町だから当然なのか？」

「王国で指名手配された犯罪者が帝国に逃亡《とうぼう》しようとすることが、よくあるからな。町の入口で食い止めているのだ」

三人は列の最後尾について、自分達の順番が回ってくるのを待った。並んでいる人間は多かったが、町の入口の衛兵も慣れたものらしく、スムーズに審査《しんさ》を進めていく。

一時間ほど待たされて順番が回ってきた。憲兵が三人を順繰《じゅんぐ》りに見て、端的《たんてき》に問いかける。

「町に来た目的は？」

「旅だよ。船で帝国に向かうつもりだ」

「フム……身分証は持っているか？　持っていないのなら銀貨一枚を払《はら》ってもらうが？」

「いや、持ってないな」

町の門扉《もんぴ》に立っている衛兵が単刀直入に聞いてくる。カイムも正直に答えた。

「だったら、こちらの宝玉に触《ふ》れて名前を言え。犯罪者であれば、それでわかる」

門の横に設置されたテーブルには拳大の透明《とうめい》な玉が置かれていた。水晶玉《すいしょうだま》のように見えるが……いったい、これは何なのだろうか？

「これは犯罪者を判別するためのマジックアイテムで『天使の瞳』と呼ばれています」

カイムの疑問にミリーシアが答える。

「事前に犯罪者として名前を登録している人間が触れると、この水晶玉が赤く染まるのです。もちろん、偽《いつわ》りの名前を告げても赤くなります」

「へえ……嘘《うそ》を判断する道具というわけか。面白いな」

「ちなみに、これを開発したのは『ファウスト』という名前の魔術師《まじゅつし》なのですが、その方も現在は犯罪者として水晶玉に名前を登録されているそうですよ。皮肉な話ですけど」

「………………」

聞き覚えのある名前を聞いた気がするが……カイムはあえてスルーすることを選んだ。

「水晶玉に触《さわ》って名前を言えばいいんだな…………カイム。姓《せい》はない」

嘘はついていない。『カイム・ハルスベルク』という男はもうどこにもいない。『毒の女王』と融合して、別人として生まれ変わっている。

案の定、水晶玉に反応はなかった。透明のままである。

「む……？」

「……問題ないな。通行税を払って通って良い」

「ああ、ご苦労さん」

カイムは通行税として銀貨一枚を納めて、町の門をくぐった。

どうやら、犯罪者として登録されてはいなかったようだ。父親にして伯爵である男をぶちのめしたのだが……まだ手配は回っていないようである。

「私達はこれで頼《たの》む」

レンカが身分証らしき紙を憲兵に見せる。ちゃんと身分証を所持しているようだ。ミリーシアの分と合わせて銀貨一枚を支払って町の中に入ってくる。

「無事に町にたどり着いたわけだが……これから、どうするつもりだ？」

「とりあえず、今日はもう遅いので宿を取るのはどうですか？　明日にでも対岸に渡《わた》る船を予約して、河の向こう側に渡りましょう」

カイムの問いにミリーシアが答えた。

オターリャはフルーメン大河の西側にあり、河を渡って東側はもう帝国《ていこく》である。河の東側にも町があり、大河を挟《はさ》んだ二つの町の間では毎日のように交易が行われている。

「カイムさんは帝国に行ったことがないのですよね？　向こうでは案内いたしますね？」

「それは助かる。楽しみだな……ガーネット帝国」

カイムはまだ見ぬ土地に思いをはせて、瞳を輝かせた。

「とりあえず……ミリーシアの言う通りに今晩の宿を探すとしよう。もちろん、部屋は別々で良いよな？」

「え……？　私は別に同じ部屋でも構いませんけど……」

「当然ですとも！　ねえ、お嬢様！」

「う……そうですね。別の部屋で我慢《がまん》しますわ」

どこか残念そうな顔になりながら、ミリーシアは渋々頷《しぶしぶうなず》くのであった。

オターリャの町で一泊《いっぱく》することになったカイム達はすぐに宿を探した。

交易都市である町には数多くの宿が軒《のき》を連ねている。部屋の一つや二つ、すぐに見つかるだろうと高を括《くく》っていたのだが……そこで思わぬ苦戦を強《し》いられてしまう。

「残念だけど……一つも部屋は空いてないなあ。ウチの宿はもう満室だよ」

「む……そうか。ここも空いてないか……」

宿屋の店主の言葉にカイムは肩《かた》を落とす。

宿を探し始めて、この店でもう十軒《じっけん》目。まだ部屋が決まる様子はなかった。すでに夕刻に差しかかる時間帯となっており、宿を決めるには遅い時間帯になっている。

「どうしましょう……このままでは野宿になってしまいますよ？」

「ムウ……私だけならばまだしも、お嬢様を路地裏で寝《ね》かせるわけにはいかない」

ミリーシアとレンカも不安そうな顔になっていた。カイムも野宿は構わないのだが、せめて女性二人の寝床《ねどこ》は確保したいところである。

「参ったな……どこか空いている宿があればいいんだが……」

宿の受付前で考え込んでいると、エプロンをつけた少女がスタスタと歩いてきた。

「お父さん、あの部屋だったら泊《と》まれるんじゃない？」

「あの部屋……ああ、あそこが空いていたか！」

「何だ、泊まれる部屋があるのか？」

店主と娘《むすめ》の会話に、カイムは首を傾《かし》げて尋《たず》ねた。

「一部屋だけなら何とか。ある冒険者さんが前払《まえばら》いで借りてたんだけど、ギルドで依頼《いらい》を受けて出かけたきり帰ってこなくてねえ。今日で前金で貰《もら》っていた宿泊料《しゅくはくりょう》が切れるんだよ」

店主が困ったような顔でアゴヒゲを撫《な》でる。

「だけど……あそこは一人部屋だからな。詰《つ》めれば二人ぐらいベッドで寝れなくもないけど、一人は床《ゆか》で寝てもらうことになるよ？」

「ああ、構わない。ミリーシアとレンカだけ泊まるといい。俺《おれ》は外で適当に探すから」

カイムだけならば、宿が見つからずとも路地裏で毛布にくるまって眠《ねむ》ればいい。

後ろの女性二人を振《ふ》り返って提案するが……ミリーシアが胸の前で両手を振った。

「ダメですよ！　カイムさんだけ表で寝かせるわけにはいきません！　どうか一緒《いっしょ》に部屋に泊まってください！」

「お嬢様、カイム殿は男性ですよ⁉　いくら何でも同室で寝てもらうわけには……」

「男性ですが、それ以前に恩人でもあります！　命を救ってくださった御方《おかた》を野宿させるなんて、人として許されることではありません！」

ミリーシアが胸を張って言い切った。その言い分は筋が通っているのだが……同年代の女性と同じ部屋で寝泊《ねと》まりするなんて、カイムには経験のないことである。

「俺のことなら気にしなくていいぞ？　町に来るまではテントで野宿してたわけだし……」

「いけません！　どうしてもと言うのであれば、私が外で寝ますからカイムさんがベッドで寝てください！」

「……鬼畜《きちく》かよ。女を野宿させて、ぬくぬくと布団《ふとん》にくるまれて眠れるわけねえだろうが」

「それなら、一緒の部屋で寝ましょう。私が良いと言っているのだから構いませんよね？」

「…………」

ミリーシアが有無《うむ》を言わせぬ笑顔《えがお》で追い詰めてくる。カイムが言い返す言葉もなく押《お》し黙《だま》ると、カウンターの向こうにいる中年の店主が手を伸《の》ばして肩を叩《たた》いてきた。

「兄《あん》ちゃん、女がここまで覚悟《かくご》を決めてるんだから。男を魅《み》せなよ！」

「……絶対、違《ちが》う意味で取ってるだろ？　俺達《おれたち》はそういう関係じゃないんだよ」

「最初は誰《だれ》だって未経験者だ。オレも母ちゃんと初めて寝た時はガチガチに緊張《きんちょう》したもんだぜ。いざとなったら、女の方から乗ってもらって天井《てんじょう》のシミでも数えてたらいいんだよ！」

「……天井のシミって何だ？」

理解は全くできないが力強いアドバイスを与《あた》えられ、カイムは途方《とほう》に暮れたように肩を落とす。無事に宿が決まり、三人同室でのお泊《とま》りが決定したのである。


カイムとミリーシア、レンカの三人は宿屋の空き部屋へと通された。

通された部屋は二階の角部屋。あまり日当たりも良くない北側の部屋である。

「はいはい、こちらのお部屋にどうぞー」

店主の娘さんの案内で部屋の中に通されると、そこにはベッドが一つと簡素なテーブルとタンスが詰めるようにして置かれていた。一人旅で泊まるならば十分な広さかもしれないが、三人で泊まるとなればかなり手狭《てぜま》なスペースである。

「宿泊料に夕食代は含まれてます。受付横に食堂がありますから、てっぺんの時間までに下りてきてください。日が変わったら食堂閉めちゃいますから気を付けてくださいねー。それとお酒を飲むなら別料金になりますから、お財布《さいふ》を忘れないように下りてきてくださーい」

看板娘《かんばんむすめ》の少女はハキハキとした口調で説明をする。カイムに毛布を手渡《てわた》して、「それでは、また後で」と部屋から出て行ってしまった。

「…………」

「…………」

「…………」

三人を気まずい沈黙《ちんもく》が支配する。

（……いつまでも口を貝にしているわけにもいかないな。とりあえず、決めなくちゃいけないことを話すか）

黙っていても埒《らち》が明かない。カイムがコホンと咳払《せきばら》いをしてから口を開く。

「……ベッドはミリーシアが使うってことで問題ないよな。詰めればレンカも一緒に寝られるだろうが……」

「い、いや。私も床で眠らせてもらう。お嬢様と同衾《どうきん》など畏《おそ》れ多いことだ」

「そんな……私だけベッドを使うなんて、申し訳ないじゃありませんか！　使うのなら恩人であるカイムさんが使ってください！」

「だから鬼畜かよ！　女二人を床に寝かせて、どの面下げて偉《えら》そうにベッドで寝ろって言うんだよ！」

カイムは遠慮《えんりょ》をするミリーシアに言い含めるように言葉を重ねる。

「今の俺は雇《やと》われだ。男としても雇用《こよう》関係としても、ミリーシアを床に転がす選択肢《せんたくし》はないんだよ！　一人でベッドを使うのが忍《しの》びないのなら、レンカと寝ろ！」

「私も床で寝るぞ！　お嬢様のベッドに入るなど、無礼なことはできませんから！」

レンカが強い口調で断言すると、ミリーシアが不服そうに整った柳眉《りゅうび》を歪める。薔薇色の唇を尖《とが》らせ……ポツリとつぶやく。

「つまり……レンカはカイムさんの隣で眠りたいということですね？　床で二人並んで横になりたいと言っているんですね？」

「なあっ⁉　そんなわけないじゃありませんか！　どうしてそうなるのですか⁉」

「床で寝るというのはそういうことでしょう？　この部屋はさほど広くはありませんし、どう頑張《がんば》っても並んで眠ることになりますよ」

宿屋の一人部屋は確かに広くはない。密着してしまうほど狭《せま》いわけでもなかったが……

うっかり寝返《ねがえ》りを打ったら、そのまま身体が重なってしまいかねない危機感はある。

「うっ……そ、それは……」

「あー……困るな。やっぱり」

朝、目が覚めてすぐ横にレンカの顔があったら……カイムとしてもどうして良いかわからない。一日中気まずい雰囲気《ふんいき》になってしまいそうだ。

レンカも「それは……」「いや、しかし……」と葛藤《かっとう》するように唸《うな》っている。

「レンカ、一緒にベッドで寝ましょう。それとも……私も含めた三人で床に寝転《ねころ》がりましょうか？　私は構いませんけど……みんなで密着して眠ることになってしまいますよ？」

「……承知いたしました。ベッドの隅《すみ》をお借りいたします」

最終的にレンカが折れる。ミリーシアとレンカがベッドを使い、カイムが床で寝ることが決定した。


寝床についての話し合いを終えて、カイムら三人は宿屋の一階にある食堂へと下りて行った。食堂ではすでに大勢の宿泊客《しゆくはくきやく》が食事を摂《と》っている。酒を飲んで騒《さわ》いでいる一団もいて、ガヤガヤとした賑《にぎ》わいを見せている。

「お、アッチの席が空いているな」

カイムは壁際《かべぎわ》にあるテーブルを指差す。ミリーシアとレンカが並んで座《すわ》り、テーブルを挟んだ対面にカイムが座った。すぐに先ほどの看板娘がやってくる。

「いらっしゃい、お客さん！　お飲み物は水とエールとどっちが良いですか？　エールは別料金になりますけど？」

「あ、私はお水で大丈夫です」

「私もお嬢様と一緒で」

「俺は……エールを頼んでみようかな」

「はい、お水を二つとエールが一つ。お水は無料で、お酒は銅貨三枚になりますねー」

「ああ、これで頼む」

硬貨《こうか》を受け取った少女がエプロンをなびかせて食堂の向こうに消えていき、すぐに三つのコップを持って戻《もど》ってくる。

「お料理もすぐにお持ちしますね。もうしばらくお待ちくださーい」

小動物のようにチョロチョロと動き回り、少女は見ている周りが気持ちの良くなるように快活に働いている。ミリーシアが水の入った木製のコップに口をつけた。

「フウ……ようやく一息つけます。長旅で疲《つか》れてしまいました。ところで、カイムさんはお酒を嗜《たしな》まれるのですね？」

「ああ……まあ、な」

カイムは曖昧《あいまい》な返事をして、コップに入った泡立《あわだ》つ液体に視線を落とす。

実のところ、酒を飲むのはこれが初めてである。興味本位で頼んでみたのだが……コップの中から独特の匂《にお》いが香ってきて、口をつけるのには少しだけ勇気が必要だ。

（『毒の王』になったおかげで、俺の身体はどんなに強力な毒にだって耐《た》えられる。酒くらいでどうにかなるとは思わないが……何事も経験だな）

カイムは意を決して、コップに注がれたエールを一気に飲み干した。麦の香《こう》ばしいほろ苦さと共に、生まれて初めて身体に取り込《こ》むアルコールの風味が喉《のど》の奥から鼻に抜《ぬ》けていく。

苦々しくもそう快感のある味わい。これは何とも言えず……

「………うん、悪くない」

「美味《うま》い」とハッキリ断言できるほど味が理解できたわけではないが、この爽《さわ》やかな喉越《のどご》しはなかなかに気持ちが良い。一気飲みで喉が潤《うるお》ったというのに、すぐに二杯《にはい》目が欲しくなってくる。気持ちが軽くなってきて不思議な感覚だった。

「すまん、追加で酒を頼む。三……いや、五杯ほど持ってきてくれ」

「あ、はーい。ただいまー」

食堂の中を忙《せわ》しなく走り回っている看板娘に追加注文をすると、それほど待つこともなく追加のエールが運ばれてきた。

カイムはテーブルに並べられた酒をグイグイと水でも飲むように飲み干した。

「わあ……すごい……」

「カイム殿《どの》は……随分《ずいぶん》と酒に強いのだな」

「ん……そうみたいだ。俺も今日、初めて知ったよ」

「初めてって……そんな馬鹿な」

レンカが呆《あき》れて首を振るが、実際に酒を飲むのは初めてである。

「えっと……カイムさん、まだ飲みますよね？　お酒、追加しましょうか？」

「ああ、頼む。金は後で払うから立て替《か》えておいてくれ」

「いえ、構いませんよ。旅費と食事代くらいのお金は持ち合わせがありますから。ここは私が支払《しはら》わせてもらいますので、好きなだけ頼んでください」

ミリーシアが包み込むような優《やさ》しい笑《え》みで言ってくる。アルコールが入っていることもあって、カイムにはそんな彼女の背後に天使の羽のようなものが見えた。

（『酔《よ》う』というのは奇妙《きみょう》な感覚だな。俺に毒の類は効かないはずなんだが……）

カイムは頭に疑問を浮《う》かべながらも、ほとんど休みなく酒を飲み続けた。

『酒は百薬の長』という言葉があるように、適度な飲酒、適量のアルコールはストレスの軽減やリラックス効果をもたらすという。

無論、飲み過ぎれば肝《きも》の病をはじめとしたデメリットの方が多いのだが……カイムの場合、いくら酒を飲んでも『悪い効果』を発生させることはない。

『毒の王』たる力が酒が『薬』から『毒』に変わった瞬間《しゅんかん》に中和しているため、いくら多量の酒を飲んでもほろ酔い気分の心地好《ここちよ》さを維持《いじ》できるためである。

「フフッ、良い気分だ。やはり旅に出て正解だった。世界は今日も美しいじゃないか！」

「な、何だかすごく楽しそうですね、カイムさん……私も飲みたくなってきました」

美味そうに酒を飲むカイムに、ミリーシアがテーブルのエールを見る。

「葡萄酒《ぶどうしゅ》は何度か飲んだことがありますけど、麦から造ったお酒はないんですよね。そんなに美味《おい》しいのなら飲んでみましょうか？」

「お嬢様、今日はカイム殿《どの》と一緒《いっしょ》の部屋に泊まるんですよ？　酔ったところで何されるかわかったものではありませんから自重してください！」

「ムウ……少しくらいなら良いではありませんか。カイムさんだったら何をされても、私は気にしませんよ？」

「私は気にするのです！　これまで蝶《ちょう》よ花《はな》よと育ててきたお嬢様が、こんなどこの馬の骨とも分からない男に汚《けが》されるなんて……耐えられません！」

レンカがぶんぶんと首を振る。頑《かたく》なな様子のレンカにカイムは呆れて眉《まゆ》をひそめる。

「おいおい、酒くらい良いじゃないか。それに抵抗《ていこう》できない女に乱暴を働くゲス呼ばわりは流石《さすが》に傷つくぞ？」

「カイム殿の問題ではない！　殿方《とのがた》と一緒の時に油断しないようにと説いているのだ！」

「ふうん、貴族の令嬢《れいじょう》というのは面倒臭《めんどうくさ》いんだな」

妹……アーネットはもっと奔放《ほんぽう》で自由だった気がするが、やはり生粋《きっすい》のお嬢様は違うということだろう。自由に酒も飲めないというのは哀《あわ》れなものだ。

「身持ちが堅《かた》いのは結構だが……宿屋でくらい気を抜けよ。四六時中そんな有様じゃ、体力が保たないぜ？」

「そうです、レンカは気にしすぎですよ！」

「あ！」

ミリーシアがレンカの隙《すき》を見て、カイムの飲みかけのエールを奪《うば》い取った。

レンカが止める隙もなくコクコクと喉を鳴らしてエールを飲み、「ふう」と息をついた。

「葡萄酒とは随分と風味が違いますね。それに……何だかとても身体が熱くなってきました。葡萄酒よりも酒精《アルコール》が強いのでしょうか？」

「おいおい……それは俺の飲みかけなのだが？」

「良いではありませんか。足りなければ追加で注文いたしますよ？」

「……まあ、金を払うそっちが気にしないのであれば別に構わんが」

どうして手つかずのエールがあるのに、わざわざ男が口をつけたものを取るのだろうか。カイムは不思議に思って首を傾げながら、新しいエールに手を伸ばす。

「お嬢様……何というはしたないことを……」

「レンカも飲んでは如何《いかが》ですか？　見た目よりも爽やかで美味しいですよ？」

「……いりません。私は真面目な護衛ですから」

堂々と飲酒をしているカイムへの皮肉なのか『真面目』という部分を強調して言って、レンカは拗《す》ねたような表情で水をチビチビ飲む。

やがて宿屋の看板娘が料理を運んでくる。その頃には、カイムが飲み干して空になったコップが大量にテーブルに置かれていた。

「おい……あの男、見てみろよ」

「すげえザルだな……まるで鯨《くじら》じゃねえか」

樽《たる》一杯分にも届くであろう酒を飲んだカイムに他の客の視線も集まっていく。かつてないレベルの酒豪《しゅごう》の登場に呆れと称賛《しょうさん》の声が上がる。

「おいおい！　盛《も》り上がってんじゃねえかよお！」

しかし、変に目立ってしまったことで良からぬ人間の視線も引いてしまったらしい。離《はな》れた場所に座っていた三人組の男が、カイム達のテーブルまでやってきた。

「こんな美女を連れてるくせに酒に夢中かよ！　いただけねえなあ！」

「ヒッヒッヒッ！　こりゃあ、酔ってる隙に女を持ってかれても文句は言えねえよなあ！」

「……誰だ、貴様らは」

ズカズカと不躾《ぶしつけ》にやってきた男達をレンカが睨《にら》みつける。

三人組の男達《たち》――その中でもっとも大柄《おおがら》なスキンヘッドの男が「バンッ！」と音を鳴らしてテーブルを叩く。

「ガキが二人も女を連れて生意気なんだよ！　酒じゃなくてママンの乳でもしゃぶってた方がお似合いだぜ！　ギャハハハハハハハッ！」

「…………」

気持ち良く酔っぱらっていたところに現れた闖入者《ちんにゅうしゃ》。カイムはジロリと横目に男達を睨み付け、無言のまま怒気《どき》をにじませた。

そんなカイムの様子に気がつくことなく、男達は「ガハハハ」と笑う。

「なあ、姉ちゃん達！　こんな酔っぱらいは放っておいて、俺達のテーブルに来いよ！

たっぷり楽しませてやるぜ？」

「そうそう！　食事の後はこっちの部屋で休むといいぜ。ゆっくり休めるかはわからねえけどな！　ヒャッヒャッヒャッ！」

「天国に連れてってやるぜー。戻って来れる保証はないけどな！」

「……下種《げす》が」

耳障《みみざわ》りな男達の言葉に、レンカはすぐに彼《かれ》らの目的を悟《さと》った。男達はミリーシアとレンカ……美貌《びぼう》の女性二人の色香に惑《まど》わされ、無謀《むぼう》にもナンパに来たのだろう。

男達もまた酒を飲んでいるらしく顔を赤く染めていた。典型的な酔《よ》っ払《ぱら》いである。

「悪いが……貴様らの誘《さそ》いに乗るほど、私もお嬢様も安くはない。さっさと失《う》せろ」

「気の強い姉ちゃんだなあ！　こういう女を泣かせるのも気持ち良いんだよなあ！」

「貴様、無礼な……！」

「鬱陶《うっとう》しい。消えろ」

レンカが怒《おこ》って立ち上がるよりも先に、カイムが暴言を吐きつけた。

「人がせっかく気持ち良く飲んでるんだから邪魔《じゃま》をするな。というか死ね。ハゲ頭を爆《は》ぜさせて粉々になれ。お前らみたいなクズはバラバラになって畑の肥料にするくらいしか利用価値がないんだよ。もしくは家畜《かちく》小屋の糞《ふん》まみれの土に還《かえ》れ。二度と戻ってくるな」

普段《ふだん》ならばもっと穏便《おんびん》な対処をするのだろうが……酒が入っていることもあり、カイムは容赦ない言葉を浴びせる。

あまりの暴言に男達はポカンとするが、言葉の意味を理解したのか怒《いか》りに表情を歪める。

「て、テメエ……俺様を誰だと思っていやがる！　俺様は帝国で知らぬものがいない一流の冒険者《ぼうけんしゃ》、『竜殺《りゅうごろ》し』のザッハルム様だぞ⁉」

スキンヘッドの男がカイムのすぐ前に立ち、モリモリの筋肉を見せつけて自分の強さをアピールした。しかし、帝国人であるミリーシアとレンカは顔を見合わせて首を傾げる。

「ザッハルムという冒険者は聞いたことがありませんけど……レンカ、知ってますか？」

「知りません。『竜殺し』とは御大層《ごたいそう》な名前ですが、本当に有名なのでしょうか？」

「……二人は知らないそうだぞ。自称《じしょう》『竜殺し（笑）』のザッハルム殿」

「て、テメエ……！」

カイムが煽《あお》るように言うと、ザッハルムと名乗った男は筋肉を見せつけたポーズのまま、ピクピクと頭の血管を震《ふる》わせる。怒りの炎《ほのお》を燃やして爆発《ばくはつ》寸前になっているザッハルムに、カイムはさらに油を注《そそ》ぎ込む。

「つまり……アレだな。コイツらは帝国で冒険者をしていたが、ろくに成果を出すこともできずにジェイド王国に流れてきたわけだ。その挙句に『竜殺し（爆笑《ばくしょう》）』とかイキリ倒《たお》して宿屋の食堂で女を引っかけようとしてるってことだな。ダサ過ぎて涙《なみだ》が出そうだ」

「うっ……ぐっ……こ、この……！」

身も蓋《ふた》もない評価を受けて、ザッハルムがスキンヘッドの頭を真っ赤に染める。もちろん、酒ではなく怒りが原因である。

「ガキが……もう許さねえ！　ぶっ殺してやる！」

ザッハルムがいよいよ怒りを爆発させてカイムめがけて殴《なぐ》りかかった。その拳《こぶし》はそれなりに速く、大柄な体格による重みもある。魔力《まりょく》による身体強化も込められていた。

どうやら、攻撃《こうげき》に魔力を込める程度には熟練度のある冒険者のようだ。ザッハルムの拳打がカイムの頭部に命中し……ゴキリと骨が砕《くだ》ける音が鳴る。

「ヒッ……!?」

「わあっ!?」

周囲のテーブルからこちらを見ていた客が息を呑《の》む。誰もがカイムの頭部が無残に砕けることを予感し、殴った張本人もニヤリと会心の笑みを浮かべる。

「フン！　雑魚《ざこ》が……って、痛てええええええええええええええっ!?」

しかし、ザッハルムが激痛に顔を歪めて悶絶《もんぜつ》する。床を転げまわって喚《わめ》き散らすザッハルムに手下二人が慌《あわ》てて駆《か》け寄った。

「ちょ……ザッハルムさん⁉」

「何で転がってるんすか……って、指折れてるじゃねっすか！」

手下が目にしたのは、ザッハルムの拳が無残に砕けて指が折れ曲がっている光景だった。

「な、何だああアアアアアッ⁉　どうして俺の拳のほうが砕けてるんだよおおおおおっ⁉」

「ハッ！　雑魚が。他愛《たあい》もないな！」

カイムが椅子《いす》で脚《あし》を組んだまま、嘲笑《ちょうしょう》する。

肩を上下させて笑うカイムに、ミリーシアが恐《おそ》る恐る訊《たず》ねる。

「えっと……カイムさん、何をしたのですか？」

「別に何もしていない。御覧《ごらん》の通り座ってただけだ」

実際、カイムは特に何もしていない。

闘鬼神流《とうきしんりゅう》を修めた人間は圧縮魔力をまとうことで鋼鉄に近い防御力《ぼうぎょりょく》を得ることができる。

カイムは相手の打撃《だげき》に合わせて魔力を集中させ、頭部を硬化《こうか》しただけである。

ザッハルムがした行為《こうい》は無防備な素手《すで》で鉄板を殴りつけたようなものである。自分の拳が砕けてしまうのも自然なことだった。

「この程度の相手だったら……小指一本で十分だな」

「ひぎっ⁉」

カイムは砕けた腕《うで》を抱《かか》えて悶《もだ》えている男へ小指の先を突《つ》き出した。同じく圧縮魔力で強化された指先が、アイスピックのようにスキンヘッド男の左胸に突《さ》き刺さる。

「わかるか……俺の指は今、お前の心臓に触れている」

「ヒッ……！」

「あと一センチ、この指を押し込めばお前の心臓は破裂《はれつ》するだろう。ガキ呼ばわりした相手に命を握《にぎ》られるのはどんな気分だか、教えてくれよ」

普段であれば、カイムもここまで嬲《なぶ》るようなことはしない。しかし……アルコールによる高揚《こうよう》。連れの女性にちょっかいをかけられた苛立《いらだ》ちから、いつもより過激になっていた。

「ゆ、許してくれ……俺が悪かったから……！」

「ああ、構わないぜ」

「へ……？」

命乞《いのちご》いをされると、カイムはあっさりと胸に刺した指を抜いた。傷口からはほとんど血が出ていない。小さく痕《あと》がついているだけで、先ほどの出来事が幻《まぼろし》だったように痛みもない。

「酒の席の出来事だから見逃《みのが》してやるよ。ただ……これ以上、俺の連れにちょっかいをかけるのなら相応の覚悟をしてもらうが？」

「わ、わかってる！　悪かったって！　もうしねえよ、絶対に！」

ザッハルムは手下を連れて足早に逃《に》げていく。小物全開の男達を見送ることなく、カイムはグイグイとエールを飲み干した。

「カイムさん……また助けられてしまいましたね！　私、感激しましたわ！」

「……礼は言わない。あんなチンピラ、私でも追い返すことができていたからな」

ミリーシアが華《はな》やいだ表情で両手を合わせ、レンカが唇《くちびる》を尖らせて腕を組む。

カイムは何でもないことだとばかりに肩をすくめ、コップをテーブルに置いた。

「礼なんていらないな。酒が不味《まず》くなる雑味を取り除いただけだ。それよりも……追加でエールを頼んでも構わないか？」

「はい、カイムさんの好きなだけ。支払いは私が持ちますから！」

ミリーシアが看板娘の少女を呼んで追加のエールを注文する。ついでに、隙ありとばかりに飲みかけのエールをかすめ取って口をつけた。

結局、カイムはそれから二十杯以上もエールのコップを空けて、とんでもない酒豪ぶりを発揮して食事を終えたのである。

○　　○　　○

「フー、満足満足。あれが酒の味……溺《おぼ》れて人生を台無しにする人間が後を絶たないのも道理だ。堪《たま》らない旨《うま》さだったぜ」

「本当にお酒に強いのですね。そういうところも素敵《すてき》ですよ」

「呆れたものだな……明らかに飲んだ酒の量は胃袋《いぶくろ》の大きさを超《こ》えているだろうに」

ご機嫌《きげん》な様子のカイムに、ミリーシアが何故《なぜ》か嬉《うれ》しそうに声を弾《はず》ませ、レンカは呆れたように肩を落とす。食事を済ませた三人は宿屋の二階にある部屋に戻ってきた。カイムはそのままゴロリと床に横になり、毛布を被《かぶ》って仰向《あおむ》けになる。

「さて……俺はこのまま寝させてもらおうか」

「あ、その前に明日の予定についてですけど……船のチケットを取って、出港の時間までは町を見てまわるというのはいかがでしょう？」

ミリーシアの言葉に、カイムは寝転がったまま首肯《しゅこう》する。

「問題ない。ところで……船のチケットはすぐに取れるものなのか？」

「チケット自体はすぐに取れるが……定期船は行商人で予約が埋《う》まっている可能性が高い」

カイムの疑問に、レンカが主に代わって説明する。

「実際に河の対岸に渡ることができるのは数日後になるはずだ。それまで、しばらくは宿屋暮らしになってしまうな」

「俺は別に構わないけどな。ここは初めて訪《おとず》れる町だからゆっくり観光もしたいし、急ぐ旅というわけでもないからな」

父親――ケヴィン・ハルスベルクがカイムを犯罪者として告発し、この町まで手配が回ってくるまで、もうしばらくは時間があるだろう。

それはそうとして、カイムはふと気になっていたことをミリーシアに問いかける。

「ところで……ミリーシア。お前、さっきからやけに顔が赤くないか？」

「え……顔ですか？」

指摘《してき》されたミリーシアが両手を頬《ほお》にそえた。

ランプの明かりに照らされたミリーシアは頬が紅潮して薔薇色《ばらいろ》に染まっている。元々の肌《はだ》が白いだけに染まった肌の変化がはっきりとわかってしまう。明らかに食事前よりも肌が赤くなっていた。

「そういえば、さっきから身体が熱いような……酔っぱらってしまったのでしょうか？」

「俺の飲みかけを少し飲んだだけだろう？　酔っぱらうほど酒を口にしてはいなかったと思うが……酒精《アルコール》に弱い体質なのか？」

「そんなことは……ないと思いますけど。強いわけではありませんが、パーティーなどの席では何度か飲んだことはありますし」

ミリーシアがパタパタと手で顔を扇《あお》ぐ。カイムに指摘されたことで、身体の熱を自覚してしまったのだろう。レンカが部屋の窓を開いて外の空気を入れる。

「やはりエールが身体に合わなかったのではないでしょうか？　お嬢様《じょうさま》がこれまで飲んだお酒は上質な葡萄酒などでしたし、下々の酒を身体が受けつけなかったのでは？」

「その『下々の酒』をたらふく飲んだ俺の前で言ってくれるじゃないか。雑味もなかったし、肉体の害になるような成分はなかったと思うけどな」

麦から造られたエールは貴族が嗜んでいるワインなどと比べれば品性が劣《おと》るかもしれない。しかし、決して馬鹿にされるような味ではなかったと断言できる。

「慣れない酒で酔っ払ったというだけだろ？　気分が悪いのなら、さっさと横になれよ」

「そうですね……カイム様のお言葉に甘《あま》えて、そうさせてもらいます……よっと」

「なっ……!?」

ミリーシアが急にドレスを脱《ぬ》ぎだした。レース地の白い下着が露《あら》わになり、形の良い乳《ち》房《ぶさ》がカイムの目の前に現れる。

「ちょ……お嬢様!?」

レンカが慌てて床に落ちたドレスを拾い、主人の肌を隠《かく》そうとする。

「どうかしましたか、レンカ？」

「どうかしたかではありません！　男の前で服を脱ぐだなんて、何を考えているんですか⁉」

「男って……良いではありませんか。カイムさんしかいませんし」

ミリーシアが酒で赤くした顔でヘラッと笑う。

「カイム様でしたら、見られても気にしませんよ。むしろ見て欲《ほ》しいくらいです。カイム様のことはとっても信頼《しんらい》していますから」

「し、信頼って……それとこれとは、話が別ではありませんか！」

「ほら、レンカも寝間着《ねまき》に着替《きが》えるのでしょう。私が手伝ってあげます」

「なあっ！　ちょ、お嬢様！　やめてください！」

ミリーシアがレンカの服を掴《つか》み、グイグイと引っ張って脱がせようとする。完全なセクハラである。もはや酔っ払いにしか見えなかった。

「普段から私に仕えてくれている御礼《おれい》ですよ。大人しく脱いでください」

「ちょ……そんなに引っ張らないでください！　ぱ、パンツを脱がせるのはさすがに……！」

「あー……」

カイムは目の前で繰《く》り広げられている痴態《ちたい》に、気まずそうに顔を引きつらせる。

「お楽しみのところを申し訳ないが……俺は出て行った方がいいのか？」

「………！」

レンカが弾《はじ》かれたようにカイムの方を見て、カッと怒りの表情になる。

「さっさと出て行け！　この不埒者《ふらちもの》が！」

「……了解《りょうかい》」

声に押し出されるようにしてカイムは部屋から出て行った。

扉《とびら》ごしに黄色い声と衣擦《きぬず》れの音が聞こえてくる。

「……やれやれ。騒々《そうぞう》しい夜だな」

カイムは廊下《ろうか》の壁にもたれかかり、そっと溜息《ためいき》をついたのであった。

ミリーシアとレンカが寝間着に着替えるのを待って、その日は就寝《しゅうしん》することになった。

二人がベッドに並んで眠り、カイムは床で毛布にくるまって横になる。

「スウ……スウ……」

「クー……ムニャムニャ」

「……眠れるわけねえだろうが。何だよ、この状況《じょうきょう》は」

もちろん、意識してのことではないのだろうが……女性の吐息《といき》というのは、どうしてこうも艶《なま》めかしく聞こえるのだろう。

少し視線を動かせば、薄着《うすぎ》の寝間着姿で眠っている彼女達《かのじょたち》の姿を拝むことができる。とてもではないが眠っていられるシチュエーションではなかった。

「クソ……何だ、この心臓の高鳴りは……！」

二人とはここまで旅をしてきたが……もちろん、野営などは別々のテントで休んでいた。同じ空間で眠るのは初めてのことである。

「スウ……スウ……」

カイムがゴソゴソと居心地《いごこち》悪そうに身じろぎをするが、ミリーシアもレンカも目を覚ます様子はない。やはり長旅で疲れているのだろう。

最初はカイムのことを警戒《けいかい》していた様子のレンカでさえ、明かりを落として十分も経《た》たないうちに寝息《ねいき》を立てていたのだから、よほど疲労《ひろう》していたに違いない。

（無理もないな。女……それも片方は貴族の令嬢だ。途中《とちゆう》で仲間を殺されて盗賊《とうぞく》に捕《つか》まったりして、安眠《あんみん》もできなかったのだろう）

考えても見れば、数奇《すうき》な運命である。数日前まで『呪《のろ》い子』としての生活に絶望して人生を諦《あきら》めていたカイムが、帝国《ていこく》の貴族らしき美少女と一緒に旅をしているとは。

こんなことになるだなんて、森のボロ小屋で暮らしていた頃《ころ》には思いもしなかった。

「消えろ雑念……旅の同行者に失礼だろ」

カイムは鋼の意志で女性二人に背中を向けて、どうにか眠りの世界に旅立とうとする。

目をキッチリと閉じて、頭の中で「オークが一匹《いっぴき》、オークが二匹《ひき》……」と数えること十数分。ようやく、睡魔《すいま》に襲《おそ》われてカイムの意識が薄《うす》れていった。

「…………………………？」

そのまま夢の世界に旅立とうとするカイムであったが、ふと感じるものがあり、瞼《まぶた》を開く。

「あ……起こしてしまいましたね。カイムさん」

「は……？」

そして、目の前にある予想外の光景に間抜《まぬ》けな声を漏《も》らした。

「うふふ……カイムさんの寝顔《ねがお》、とっても可愛《かわい》かったですよ……強くて格好良くて、おまけに可愛いだなんて反則ですよ」

いつの間にか、カイムの眼前に一人の女性がいた。金色の髪《かみ》、青い瞳《ひとみ》。窓から差し込む月明かりに浮き彫《ぼ》りになったのは……旅の同行者であるミリーシアである。

「なあっ⁉」

「うふふっ」

妖艶《ようえん》な笑みを浮かべたミリーシアが、寝間着を乱して胸元《むなもと》を露出《ろしゅつ》させた格好でカイムの身体に跨《また》がっていた。

「ちょっ……ええっと……あ、夢か？」

珍《めず》しく混乱したカイムは異常事態をそう結論付けるが……下半身に感じる重み、柔肉《やわにく》の感触《かんしょく》は紛《まぎ》れもなく本物である。

「夢じゃない⁉　何やってんだ、ミリーシア⁉」

半裸《はんら》の姿で自分に跨っているミリーシアに、カイムは泡《あわ》を喰《く》ったように叫《さけ》ぶ。

「どうやったらこんな展開になるんだよ⁉　痴女《ちじょ》か、お前は！」

「カイムさんが悪いんですよ。私、本当はこんなエッチな女の子じゃないんですから……」

「はあっ⁉」

「私をこんなに夢中にさせて……責任を取ってください」

「……………⁉」

盗賊から救出して以来、ミリーシアの行動や態度からは自分に対する好意を感じていた。

だが……いくら何でも、こんな夜這《よば》いじみた真似《まね》をされるような覚えはない。

（それに……何だ、この眼は……？）

カイムは気がついた。瞳を熱っぽく潤《うる》ませるミリーシアであったが、そこには狂《くる》おしいほど激しい情欲の色が浮かんでいる。その瞳には見覚えがあった。盗賊が根城にしていた洞窟《どうくつ》で媚薬《びやく》を飲まされていた時とそっくりの目だ。

「まさか……薬の後遺症《こういしょう》なのか⁉　今になって、禁断症状《きんだんしょうじょう》でも出てきやがったか⁉」

大麻《たいま》をはじめとした一部の薬物には、服用後しばらくしてから禁断症状が現れるものがある。これまでそんな素振《そぶ》りはなかったが、ミリーシアが飲まされた媚薬にもまた強力な依存性《いそんせい》や後遺症があるのかもしれない。

「お、お嬢様⁉　何をしているのですか⁉」

カイムの叫びを聞いて、ベッドで眠《ねむ》っていたレンカも目を覚ましたようだ。

レンカはカイムに跨って嫣然《えんぜん》と笑っているミリーシアの姿を見て、射殺すように瞳を険しく吊《つ》り上げさせる。

「貴様……お嬢様に何をした⁉　お嬢様に手を出してタダで済むと思っているのか⁉」

「いやいやいやっ！　よく見ろ、襲われてるのはこっちの方だ！」

「ええい、お嬢様が男を襲うなどという淫《みだ》らな真似をするわけがない！　これは貴様が悪い、悪いに決まっている！　そうでなくてはならんのだ！」

「うっわ……ヒデエ……！」

どうして、こういうシチュエーションでは男が悪者にされてしまうのだろう。カイムは世の中の不条理を感じつつ、それでもレンカに助けを求める。

「わかった、事情はちゃんと説明するから……とりあえず、お前の主人を離してくれ！　このまま放っておいたら今に腰《こし》を振《ふ》りだすぞ⁉」

「クッ……まずはお嬢様の安全確保が先か！　やむを得まい……不埒者への成敗は後だ！」

「あんっ⁉」

レンカがミリーシアを羽交《はが》い締《じ》めにして、カイムから引き離そうとする。しかし、ジタバタと抵抗されてなかなか上手《うま》くいかない。

「お嬢様、早く離れてください！　汚されてしまいますよ⁉」

「ああん、邪魔しないでくださいっ！　私はカイム様に責任を取ってもらうんですー！」

「何を馬鹿なことを……！　お嬢様の貞操《ていそう》がこんなあったばかりの男に奪われるだなんて、そんなことがあっていいわけ……」

「もう、邪魔ばっかりして！　主人の命令をきけない悪い騎士《きし》にはお仕置きです！」

「んぐうっ⁉」

暴れるミリーシアが予想外の行動に出た。自分を羽交い締めにしてくるレンカにキスをしたのである。

「お、おじょうさ……んんうっ⁉」

ピチャピチャと水音が鳴り、二人の美女が舌を絡《から》めあって濃密《のうみつ》な口づけを交《か》わす。

それはカイムの理解を超えた光景だった。何が起こっているのかわからない。わからないが……それが淫靡《いんび》な行為であることは理解できた。

「な、何だこのエロ過ぎる状況は……やっぱり夢じゃないのか……？」

目の前で繰り広げられる行為にカイムは顔を引きつらせながらも魅入《みい》ってしまう。

淫靡で退廃的《たいはいてき》な光景を前にして、思わず「ゴクリ」と生唾《なまつば》を飲んでしまった。

あまりにもカオスな状況に自分が淫夢《いんむ》の中にいるのではないかと疑ってしまうカイムであったが……本当に混沌《こんとん》の渦中《かちゅう》に放《ほう》り込まれるのはこれからである。

「んんっ……なっ、何だ⁉　身体がポカポカして変な気分に……くうっ⁉」

レンカが突如《とつじょ》として高い嬌声《きょうせい》を上げた。

先ほどまで怒りに支配されていた瞳が見る見るうちにピンク色に染まっていき、ミリーシアの目と寸分たがわぬものになっていく。

「くっ……殺せ！　よくも私にまでこんな不埒なことをして……！」

「ど、どうしたんだよお前まで！　何で感染《かんせん》してやがるんだ⁉」

「く、そ……私ともあろう者がこんな淫らな感情に負けるわけには……負け、負けたりは……くううううっ！」

両腕《りょううで》で自分の身体を抱《だ》きしめて悶えていたレンカであったが……やがてカクンと肩《かた》を落とした。

「……負けた！」

「負けたのかよ⁉」

「こうなったら好きにするがいい！　私を力ずくで押《お》し倒すのだ！　だが……忘れるなよ。たとえ身体は自由にできても、心までも奪われん！　さあ、犯《おか》せ！　大人しく私を屈服《くっぷく》させるのだ！」

「『大人しく屈服させる』って意味がわからないんだが⁉　どうして俺《おれ》が加害者みたいになってんだ。本気でどうなってやがる⁉」

淫らな欲求に敗北したらしいレンカまでもが、豪快《ごうかい》に寝間着を脱ぎ捨てて下着姿になった。ミリーシアと一緒《いっしょ》になってカイムににじり寄ってきて、肉食獣《にくしょくじゅう》のように両目を爛々《らんらん》と輝《かがや》かせて迫《せま》ってくる。

「貴様が悪い。何故《なぜ》だかわからないが……貴様が悪いのだ！　責任を取ってもらうぞ！」

「その通り。カイムさんが悪いんですよう……そういうわけで、責任を取って私達のことを好きにしてくださいな」

「どういうわけだ⁉　いや、これは本当に薬の後遺症なのか⁉」

密着してくる二人の裸身《らしん》。肌に触《ふ》れる柔《やわ》らかな乳房。カイムはゾワゾワと鳥肌《とりはだ》の立った背筋を震わせて逃げ道を探す。本気で抵抗をすれば振り払《はら》えなくもないのだが……女性に対して手荒《てあら》な扱《あつか》いをするわけにもいかない。

「ウフフ……カイムさんが動揺《どうよう》していますよ。可愛らしいですこと」

ミリーシアがカイムの手を取り、自分の胸へと導いていく。

レンカよりも小ぶりではあるが、形の良い乳房を強制的に揉《も》まされる。柔らかな肉の感触としっかりとした重み。手のひらにあたる固い感触はもしかして乳首《ちくび》なのだろうか。

「私をこんなふうにするだなんて……ただでは済まさんぞ！」

レンカが反対の腕を自分の足の間に引っ張っていく。女性にとってもっとも重要な場所に触れてしまい、指先にグッショリと湿《しめ》った感触を味わわされる。

（これが女の感触だって……こんなにも柔らかく、甘美《かんび》なものなのか……⁉）

内側から正体不明の熱が込《こ》み上げてくる。生まれて初めて味わうであろう激しい情動。耐《た》え難《がた》いリビドーに脳内を侵略《しんりゃく》されて、いつしかカイムの喉《のど》はカラカラに渇《かわ》いていた。

（喉が……水……）

「カイムさん……」

唇に当たる柔らかな感触がする。ミリーシアがキスをしてきたのだ。

舌が口腔《こうくう》内に侵入《しんにゅう》してきて、甘酸《あまず》っぱい唾液《だえき》の味わいに頭が真っ白になった。

「…………！」

カイムの中でぷっつりと何かが切れる音がした。もはや我慢《がまん》する気も起きず、カイムはミリーシアを抱き寄せた。


カイムは生粋の武人である。

年若く実戦経験こそ乏《とぼ》しいものの、武術家としての潜在《せんざい》能力は父親であるケヴィン・ハルスベルクをも凌駕《りょうが》している。まさに麒麟《きりん》児と呼ぶにふさわしい才覚。いずれは不世出の強者として名を広めることだろう。

「お望みどおりに抱いてやる……俺を本気にさせたことを後悔《こうかい》するなよ？」

「あ……！」

いかに不意打ちで面食らってしまったとはいえ……卓越《たくえつ》した戦士であるカイムが女性を相手に防戦一方を強《し》いられるわけにはいかない。

ミリーシアを抱く覚悟《かくご》を決めたカイムは即座《そくざ》に体勢を入れ替え、ミリーシアを床《ゆか》に組《く》み敷《し》いた。自分の上着を脱ぎ捨てて上半身裸《はだか》になり、ミリーシアの身体に手を伸《の》ばす。

「あん！」

ミリーシアの寝間着を力任せに引きちぎり、ボロキレになった上質な布を放り捨てる。

「もうっ、カイム様ってば……このネグリジェ、お気に入りだったんですよ？」

「知るか。そんなことより……そっちもさっさと脱ぎやがれ」

「やあんっ、ダメですよう！　ああん！」

可愛らしい抗議《こうぎ》を無視して、今度は下着を無理やりに剥《は》ぎ取った。あれよあれよという間にミリーシアが一糸まとわぬ全裸《ぜんら》になってしまい、床の上に横たわる。

「お、お嬢様。なんという哀れな姿に……」

「黙《だま》ってろ、レンカ」

従者のレンカが愕然《がくぜん》とした表情をしているが、カイムが冷たい言葉を叩《たた》きつける。

「お前もすぐに抱いてやる。そこで自分のお嬢様が女になるところを見学していろ」

「…………！」

レンカがパクパクと口を開閉させて抗議しようとするが……結局、何も口に出すことなくペタリと座《すわ》り込んだ。ツリ目がちの瞳が爛々と輝いている。心なしか、この状況に興奮ているようにも見えた。

（ミリーシアが犯されている姿に欲情でもしているのか、それとも、ぞんざいに扱われていることを悦《よろこ》んでいるのか……どちらにしても、まともな精神じゃないな）

カイムは内心で嘲笑《あざわら》いながら、まずはミリーシアの身体を味わうべく手を伸ばした。

形の良い乳房に触《さわ》り、五指を喰い込ませて握りしめる。

「あんっ……」

ミリーシアの口から鼻にかかったような声が漏れる。

嫌《いや》がるような様子はない。誘ってきたのはミリーシアの方なのだから、当然である。

「む……」

柔らかい。とんでもなく。

女性の胸に触れたのは初めてではない。先ほどもミリーシアに手を引かれて触らされたし、メイドのティーなどは事あるごとに自分の胸を押しつけてきていた。

しかし、自分の意思でしっかりと乳房に触れるのは初めてのことである。指が沈《しず》み込み、弾力《だんりょく》で押し返してくる感触は驚《おどろ》くほどに心地好《ここちよ》い。

（これが女の身体……女の胸か。なるほどな、のめり込んで人生を台無しにする奴《やつ》がいるのも頷《うなず》ける）

古今東西。女性関係で身を持ち崩《くず》して破滅《はめつ》してしまう人間は多い。昔話や絵物語、ゴシップなどの噂話《うわさばなし》でもありふれている。

カイムはそういう人間の話を聞くたびに「馬鹿な奴だ」と幼心に思っていた。自分だったらそうはならないのに……とも思ったものだ。

しかし、実際に女性の身体を味わってみると、これのために破滅してしまう人間がいるのも納得《なっとく》してしまう。それほどまでに、握りしめた乳房の感触は心地好かった。

（おいおい、大丈夫《だいじょうぶ》かよ。まだ入口も入口。始まってもないんだぞ……？）

「あ、んっ……どうかいたしましたか、カイム様？」

「……いや。何でもない」

胸を揉みながら難しい表情をしているカイムに、ミリーシアが不思議そうに訊ねた。

カイムは首を横に振って、行為を再開させる。

「あっ、んっ……はうんっ！」

柔らかな乳房を撫《な》でて、揉み、先端《せんたん》をキュッとつまんで引っ張った。楽器を演奏するかのようにミリーシアの身体にタッチして、甘い喘《あえ》ぎ声を引き出していく。

毒を食《く》らわば皿まで。もはや立ち止まるつもりはない。たとえこれが破滅の入口であったとしても、ミリーシアを抱くことをやめるつもりはなかった。

「ああっ、そこは……」

「そこは……何か問題があるのか？」

「問題なんて……ああんっ！」

カイムは左手でミリーシアの胸を責めたまま、ゆっくりと手を滑《すべ》らして下に向かわせる。

腹を撫で、軽く臍《へそ》をくすぐってから到着《とうちゃく》したのは両足の付け根。女性にとってもっとも重要な部分である。

「あっ、あぁぁ……カイム様、そこ、そこはいやらしいです……」

「何を恥《は》ずかしがってるんだよ。男の上に跨っておいて、今さらだろうが」

「で、でも……そこを触られるとジンジンして落ち着かなくて……ひゃううんっ！」

慎《つつ》ましく閉じた裂《さ》け目《め》を指先で開いてこじ開けて、透明《とうめい》の粘液《ねんえき》を掻《か》きだしていく。

胸に触れていた時よりもミリーシアの反応が顕著《けんちょ》になる。やはりここは女性にとって急所なのだろう。

カイムは徐々《じょじょ》に指先の動きを速くしていき、さらにミリーシアを責めたてる。

「あっ、んっ、あふうっ……こんな感覚初めてです。頭がポワポワとしてきて……あ、ああっ、んあああああああああッ!?」

「お……？」

ミリーシアがカイムの腕を掴み、ビクンビクンと大きく身体を跳《は》ねさせたかと思えば……そのままガックリと果ててしまった。

「もしかして、これが絶頂というやつなのか……悪くない」

初めて女を絶頂《い》かせた。その事実がカイムの胸を満たしていく。

男としての面目躍如《めんもくやくじょ》。誇《ほこ》らしさのような満足感が湧《わ》き上がってくる。

「ハア、ハア、ハア……」

「さて……そろそろ犯るか」

ミリーシアの体液で濡《ぬ》れた指先をペロリと舐《な》め、カイムは口元に凶暴《きょうぼう》な笑《え》みを浮《う》かべる。

もう十分に前菜は味わった。前戯《ぜんぎ》は終わり。いい加減にメインディッシュを堪能《たんのう》させてもらうとしよう。カイムはズボンを脱いで、ミリーシアを本格的に犯そうとする。

「ん……？」

しかし、その腕がクイクイッと横から引っ張られた。

「か、カイム殿《どの》……」

腕を引いてきたのは、横で見学していたレンカだった。まさか今さら止めるつもりなのかとカイムが眉《まゆ》をひそめるが……それは大きな勘違《かんちが》いだった。

「た、頼《たの》む……私にもしてくれ。もうお預けも限界なのだ……！」

下着姿で床に座り込み、ミリーシアの痴態を見学していたレンカであったが……彼女《かのじょ》は情欲に染まった瞳いっぱいに涙を溜《た》めていた。

よくよく見れば、レンカのショーツはグッショリと濡れそぼっている。

「ひょっとして……自分で弄《いじ》ってたのか？」

「…………」

カイムの問いに、レンカが恥ずかしそうに目を伏《ふ》せる。

自分が仕える主人が犯されている場面をオカズにして自慰行為《じいこうい》……もはや、レンカのことを高潔な女騎士とは誰《だれ》も呼ぶことはできないだろう。

「わ、わかっている。わかっているのだ……しかし、私はこの淫らな情欲を抑《おさ》えることができない。頼む、カイム殿……私のことを無茶苦茶《むちゃくちゃ》にしてくれ！　この淫らでいけない騎士にお仕置きをしてくれ！」

「お仕置きねえ……別に構わないけどな」

カイムは横目でミリーシアを見下ろして、肩をすくめる。

ミリーシアは絶頂によって果ててしまっている。少し休憩《きゅうけい》させてあげた方が良いだろう。

「主が休んでいる間、お前がつないでくれるわけか。大した忠臣じゃないか」

「ううっ……」

皮肉を言ってやると、レンカが気まずそうに肩を落とす。

それでも、おねだりを撤回《てっかい》することなく近くの壁《かべ》に手をついて、カイムに尻《しり》を向けてくる。

「フン……」

無言で尻を振っているレンカの姿に、カイムは彼女が何を求めているのかを察した。

ツカツカと歩み寄り、遠慮《えんりょ》することなく右手を振りかぶる。

「ひやあああんっ⁉」

バチンと音を鳴らして尻を叩いてやると、レンカが大きく鳴いた。

ここが一般的《いっぱんてき》な宿屋の中であり、隣《となり》の部屋に人がいるかもしれないということを忘れているような大音量である。

「ほら、もっと鳴け。物欲《ものほ》しげな顔をして、こうして欲しかったんだろ？」

カイムはあえてなじるような言葉をチョイスしながら、何度もレンカの尻を叩いた。

「あんっ！　あっ！　んっ！　はうっ！　く……くううんっ！」

壁に両手をついて尻を叩かれ、喘ぐ声はまるで盛《さか》りのついた犬のようである。快楽に背筋をそらし、開かれた唇からは舌が伸びていた。

「まったく……尻をしつけられて悦ぶとか、生粋《きっすい》の変態だな！　こんな雌犬《めすいぬ》が騎士をやっ

ていたとか笑わせてくれるぜ！」

「しゅ、しゅみません！　エッチな雌犬でごめんなしゃい！　おふう、りゃめえ、それりゃめえぇぇぇぇえっ！」

「犬が人の言葉をしゃべるな。ワンと鳴け！」

「わ、わんっ！　ワン、ワン、ワ……ひいんっ、ワン、ワン、ワオオンッ！」

パン、パン、パン……とリズミカルに叩いているうちに、カイムの方も何だかその気になってしまった。年上の女を動物扱いして調教するというシチュエーションに楽しみを見《み》出《いだ》しており、ついつい必要以上に酷《ひど》い言葉をぶつけてしまう。

（いかん……何というか、俺は開けてはいけない扉を開いてないか？）

ひょっとすると、自分はとんでもない性癖《せいへき》に目覚めつつあるのかもしれない。

カイムは一握《ひとにぎ》りだけ残っている理性でそんなことを思うが、今さら後戻《あともど》りはできなかった。

「あ、あ……アオオオオオオオオオオオオオオオンッ！」

スパアンッとひときわ強く尻を叩いてやると、レンカが身体をのけぞらせて高々と鳴く。

そのままズルズルと壁から崩れ落ちていき、床に倒《たお》れてしまった。

「…………やりすぎたか？」

「は……あ、へ……」

カイムは緩《ゆる》み切った顔で口から唾液を垂れ流すレンカを見下ろし、顔を引きつらせる。

「大丈夫ですよ。レンカ、とっても幸せそうじゃないですか」

「ミリーシア……もう回復したのか？」

カイムの背中にミリーシアが抱き着いてくる。形の良い二つの膨《ふく》らみがカイムの背中にあたって形を変える。

「そろそろ、私のことを女にしてくれませんか。続きはベッドでいたしましょう？」

「……そうだな」

甘えるようなおねだりにカイムは頷いて、倒れているレンカを抱きかかえた。

「あう……」

「きゃっ……」

レンカの身体をベッドに放り投げ、隣にミリーシアを押し倒す。

一人用のベッドは三人で眠るには狭《せま》すぎるが、この際だから文句は言っていられない。

カイムはズボンと下着を脱いで裸になり、密着して横たわる二人の身体に覆《おお》いかぶさる。

「カイムさん……あ、ああああああああああっ！」

ベッドから艶《あで》やかな嬌声が上がった。

ギシギシと木材が軋《きし》むような音が鳴り響《ひび》き、しばらくしてレンカの嬌声も交じってくる。

カイム、ミリーシア、レンカ。

異性を知らぬ清い身体であったはずの三人の房事《ぼうじ》は、夜明け近くまで続いたのであった。

○　○　○

「人間をはじめとしたあらゆる生物には共通して、自己を保存しようとする原始的な欲求……いわゆる『生存本能』と呼ばれるものがある」

黒髪《くろかみ》メガネの女性――ドクトル・ファウストは語る。男性物のスーツの上に白衣を纏《まと》ったファウストは、流暢《りゅうちょう》な言葉を紡《つむ》ぎながら右手の教鞭《きょうべん》で背後の黒板を叩く。

「天敵となる相手を避《さ》けたり、食事や睡眠《すいみん》を求めたりするのが一般的だが……人間が自分の失敗やミスを執拗《しつよう》に隠蔽《いんぺい》しようとするのも、生存本能の一種と言えるのかもしれないね。そして、ここでの自己保存の本能には『生殖行為《せいしょくこうい》』もまた含《ふく》まれている」

ファウストは悪戯《いたずら》っぽく笑い、教鞭を持っていない方の手で人差し指を立てる。

「生殖行為……すなわちセックス。若いカイム君には馴染《なじ》みがないものかもしれないが、生き物には自分の分身となる子供を生み出そうという本能行動がある。誰しも永遠には生きられないから、己の『因子』を受け継《つ》いだ存在を残そうとするのさ。それは『欲望』や『下心』などと下卑《げび》た扱いを受けることが多いが……本来それ自体は悪いものではない。無論、性犯罪や不貞行為《ふていこうい》を肯定《こうてい》したいわけではないがね」

「…………」

教鞭を手にして黒板にスラスラと文字を書くファウスト。

その前方には、イスに座って机に着いたカイムの姿がある。教師に教えを乞《こ》う生徒という立場になったカイムは、どうして自分がこんな場所にいるのかと首を傾《かし》げる。

（どうしてファウストがここにいるんだ？　俺はたしか宿屋にいたはずだが……？）

「さて……生存本能、そして『生殖本能』はあらゆる生き物に共通して存在する。もちろん、それは『魔王級《まおう》』と呼ばれる存在だって例外ではない」

「ッ……！」

『魔王級』という言葉を耳にして、カイムは顔を上げた。ファウストは悪戯好きの猫《ねこ》のように唇《くちびる》を三日月形に吊り上げ、生徒にビシリと教鞭を突《つ》きつける。

「現在、『魔王級』に指定されている魔物《まもの》は七体。いずれも子供を作ったという話は聞かない。だが……これは彼《かれ》らに生殖能力がないからか⁉　否、そんなことはない！」

「………」

「『魔王級』の魔物が生殖行動をとらないのは、彼らが不死の存在であるため。死にづらい肉体であるため、『子供』という分身を作る必要がないからである！　つまり……『魔王級』から不死性を取り除いてしまえば、彼らも生殖行動をとる可能性があるのだ！」

「お、おお……そうなのか」

熱弁するファウストに押されて、カイムは絞《しぼ》りだすように返事をした。

困惑《こんわく》に瞬《まばた》きを繰り返す生徒にファウストは「ムンッ！」と胸を張って笑う。

「そして……結論だ！　魔王級の災厄《さいやく》である『毒の女王』。自分を殺した人間の身体を乗っ取ることで数百年を生きてきた彼女だが、カイム・ハルスベルクという少年と一体化することで不死性は失われた！　不死性を失ったことで『毒の女王』……いや、『毒の王』にも生殖本能が生まれることになる。では、あらゆる毒を支配するこの魔人《まじん》にとっての生殖行動とはどのようなものなのか？　どのような手段で異性を引き付けるのだろうか？」

「まさか………毒か？」

カイムが思わず頭に浮かんだ答えを零《こぼ》すと、ファウストはバチンと指を鳴らす。

「その通り！　毒を操《あやつ》る力を手にしたカイム君の体液には異性を虜《とりこ》にする毒性――『フェロモン』が含まれている！　この毒は本能行動によって生み出されているもののため、自分で意識して消し去ることはできない。人間が唾液や汗《あせ》の分泌《ぶんぴつ》を意図的にコントロールできないように、体液に含まれるフェロモンもまた消すことはできないのだ！」

「…………」

「心当たりがあるんじゃないのかな？　彼女達が正気を失う前、何を口にした？」

ファウストに問われ……カイムはふと思い出す。

ミリーシアは最初から妙《みょう》に好意的だった。レンカは逆に必要以上に敵意を向けてきたが、カイムのことを変に意識しているのは伝わってきていた。

彼女達は二人とも、盗賊に飲まされた毒を中和するためにカイムの唾液を飲んでいる。

「そういえば……ミリーシアはおかしくなる前、食堂で飲みかけの酒を飲んでいたな。俺が口をつけたコップで、俺の唾液が入ったエールを飲んでいた……！」

おそらく、それが夜中に発情して襲ってきた原因なのだろう。レンカまでもがおかしくなったのは、ミリーシアにキスされて彼女の体内にあった『フェロモン』とやらを取り込んでしまったためである。

「薬物の中には中毒性を持ったものがある。君のフェロモンもそうだったようだね。繰り返し摂取《せっしゅ》した女性が性欲を抑えられず、爆発《ばくはつ》させてしまったのさ」

「そんな……それじゃあ、二人が変になってしまったのは俺のせいなのか？　俺の毒が彼女達を狂わせてしまったのか？」

そうだとしたら、ミリーシアもレンカもカイムに対して好意など持っていないことになる。彼女達が迫ってきたのはあくまでも毒のせい。カイムの力によって、精神を歪《ゆが》められた結果ということになってしまう。

途方《とほう》に暮れるカイムであったが、ファウストがゆっくりと首を振った。

「それは違《ちが》うよ。フェロモンであったが、フェロモンというのは誰にでも無条件で利《き》くほど万能《ばんのう》じゃない。君のフェロモンに惹《ひ》きつけられる人間は君にとって相性《あいしょう》の良い相手。子供を作るのに適した相手。家族になりうる人物だけなんだ」

「家族……」

「彼女達は毒に侵されていたが……それは君に好意を抱いていなかったというわけではない。君を受け入れる想《おも》いがあったからこそ、毒は彼女達を選んだのさ」

「…………」

「それでは、今日の授業はこれでおしまい。また会える日を楽しみにしているよ」

「あ……」

ファウストがパチリと指を鳴らすと、途端《とたん》に意識が遠くなる。

カイムは激しい睡魔に抗《あらが》うことができず……重い瞼を閉ざしたのであった。

第六章 追いついてきた者

「う……夢、か……？」

おかしな夢だ。本当に夢だったのかと疑わしくなるほど内容を鮮明《せんめい》に覚えている。

「おかしな魔術《まじゅつ》でもかけられてたか？　ファウストならやりかねんな……」

カイムは軽く頭を叩いて身体を起こす。昨晩は床で眠ったはずだったが今はベッドの上にいる。服も下着も脱《ぬ》いで全裸になっており、左右に同じく裸の美女が眠っていた。

「……こっちは夢じゃなかったようだ。参ったな」

カイムの左右ではミリーシアとレンカが寝息を立てている。当然のように二人とも全裸であり、どこかスッキリしたように心地好さそうな顔をしていた。

「スウ……スウ……」

「クー……殺せえ……」

「……気持ち良さそうな顔をしやがって。こっちはさんざん搾《しぼ》り取られたってのに」

昨晩のことを思い返し、カイムは溜息を吐《つ》く。淫魔《いんま》と化した二人の女性によってカイムは何度となく求められ、彼女達《かのじょたち》と身体を重ねることになった。

二人とも処女だったようだが……カイムもまた初体験である。まさか初めての行為《こうい》が美女二人を相手に襲われるという特殊《とくしゅ》な状況《じょうきょう》になろうとは、夢にも思わなかった。

「さて……どうしたものかな。いっそのこと逃《に》げちまうか？」

ミリーシアは明らかに貴族令嬢《れいじょう》。その花を散らしたとなれば……それなりの責任というものが発生してしまう。レンカに至っては、自分と主人を汚した男に激怒《げきど》して斬《き》りかかってくる恐《おそ》れがある。無様に殺されるような間抜けをさらすつもりはないが……カイムとて、刃物《はもの》を持って追いかけてくる女に恐怖《きょうふ》を覚える感性はあった。

「スウ……スウ……」

「クー……」

（……今なら余裕《よゆう》で逃げられるな。とはいえ、本当にそれでいいのだろうか？）

ファウストに言われたことを気にしているわけではない。だが……この数日間の旅路、さらには何度も求め合って唇と身体を重ねたことで、二人に対して情が湧いてしまった。

無責任に放り出し、何事もなかったように一人旅に戻《もど》るのはさすがに抵抗《ていこう》がある。

「とりあえず……保留だな。散歩でもして考えをまとめるか」

二人とも深く眠っており、しばらくは目を覚ますことはないだろう。

　カイムは新しい下着と服に着替《きが》えて部屋を出た。そのまま階段を下りて宿屋のカウンターに行くと、店番をしていた看板娘《かんばんむすめ》の少女と目が合ってしまう。

「ひゃっ……!?」

「少し出てくる。連れがまだ寝《ね》ているから、桶《おけ》に水を入れて持っていってくれ」

「わ、わかりました……桶の水が銅一枚になりますけど……」

　カイムは言われた通りの金額をカウンターに置いた。看板娘はチラチラとカイムの顔を窺《うかが》い……頬《ほお》を真っ赤に染めて口を開く。

「さ、昨晩はお楽しみでしたね？」

「……それ、顔をトマトにしてまで言わなくちゃいけないことなのか？」

　どうやら、夜の営みの声を聞かれていたようである。カイムはうるさくしてしまった詫《わ》びとして多めに水の料金を渡《わた》して、宿屋から出て行くのであった。

　町に出ると、青い空には雲一つ浮かんではおらず、強い日差しが降りそそいでいた。

「良い天気だ……皮肉なくらいに気持ちの良い青空だな」

　カイムは晴天に向けて腕《うで》を軽く伸ばして、街をぶらついていく。

　二人の女性への責任の取り方についても考えなくてはいけないが、人生で初めて訪《おとず》れる大きな都市への興味が消え失《う》せたわけではない。

自由気ままに大通りを進んでいき、目についた露店《ろてん》に向かう。

「美味《うま》そうだな……一つくれ」

「あいよ、銅貨五枚ね」

購入《こうにゅう》したのはパンに野菜とソーセージを挟《はさ》んだ料理である。ソーセージには赤と黄色の鮮《あざ》やかな色合いのソースがかかっており、食欲をそそる香辛料《こうしんりょう》の匂《にお》いが鼻を刺激《しげき》する。

「これは……美味っ！」

一口、その食べ物を齧《かじ》るや喝采《かっさい》の声を漏《も》らした。熱々のソーセージの香《こう》ばしい味わい、それを柔らかく受け止めるパンの包容力。何より、赤と黄色のソースの味が絶品だ。

赤いソースの風味も良いが、舌を刺激する黄色のソースの辛味《からみ》は初めて味わうもので、食べれば食べるほどに食欲が湧いてくる。

「お客さん、ホットドッグは初めてかい？　そのソースはケチャップとマスタードと言って、帝国《ていこく》ではメジャーな調味料なんだよ？」

「ングッ……旅はしてみるものだな！　こんな美味い食い物にも会えるだなんて……！」

「ハハハッ、そんなに感動してもらえると作った甲斐《かい》があるってもんだ。もう一本食べるのなら、銅貨四枚にまけとくよ？」

「買う。三本くれ」

紙の包みに入った『ホットドッグ』なる料理を受け取り……カイムははたと気がつく。

(ん……？　無意識のうちにミリーシアとレンカの分まで買って……俺ってやつは、完全に逃げる気を失《な》くしてるんじゃないか？)

それは無意識の行動であったが、カイムは二人から離《はな》れるという選択肢《せんたくし》を捨てている自分に気がついた。このまま宿に戻ってミリーシアらと顔を合わせても厄介事《やっかいごと》になるだけ。それでも、責任を放棄《ほうき》して逃げる気にはなれないのだ。

「仕方がない。こういう時は……とりあえず、土下座しておくか？」

『毒の女王』の知識にあった最上級の謝罪法を使うしかない。カイムにも誇りや尊厳というものはあるが……このまま向き合うことなく二人から離れるよりは、遥《はる》かにマシな選択《せんたく》だろう。

(そうと決まれば、このまま宿屋に帰って……いや、せっかく外に出てきたんだから、ご機嫌取《きげんと》りに謝罪の品でも買っておくか？)

プレゼントの一つでも用意しておけば、多少は二人の心証が良くなるかもしれない。レンカに刺《さ》される未来が回避《かいひ》されれば幸いである。

「アクセサリーとか喜ぶよな、女って……手頃《てごろ》な値段で売ってると良いんだが……」

プレゼントで誤魔化《ごまか》すなんて姑息《こそく》とは思うが……カイムは手段を選ばず、女性二人のご機嫌取りをすることを決めたのである。

○　○　○

「高貴な僕《ぼく》になんてことをするんだ！」

「ん……？」

女性陣《じょせいじん》へのプレゼントにアクセサリーか何かを探していると、カイムの耳に男の怒声《どせい》が聞こえてきた。声の方向に目を向けると、そこではカイムよりもやや年上くらいの年齢《ねんれい》の若い男性が道の真ん中で怒鳴《どな》り散らしている。

「ふえっ、ごめんなさい。ごめんなさい！」

「僕の脚《あし》に水をかけてタダで済むと思うなよ！　汚《きたな》い犬《いぬ》の分際で……手打ちにしてやる！」

身なりの良い服を着た若い男が十歳《さい》前後の少女に怒鳴っている。ボロを着た少女は地面に額をつけて土下座しており、その傍《かたわ》らには木の桶が転がっていた。

会話から察するに、あの少女が運んでいた木《き》桶《おけ》の水を零してしまい、貴族風の男の脚を濡らしてしまったのだろう。大勢の人間が行き交う通りの真ん中でありながら、騒《さわ》ぐ男の周囲だけは関わりたくないとばかりに人が避けて通っている。

「朝っぱらから不愉快《ふゆかい》な場面に遭遇《そうぐう》しちまったな。それに……あれは獣人《じゅうじん》か？」

カイムは眉をひそめた。土下座する少女の頭からはふさふさの獣耳《けものみみ》が垂れ下がっており、臀部《でんぶ》からは人間にはあり得ない尻尾《しっぽ》が伸びている。

外見からして……おそらく、狼人《おおかみびと》か犬人の奴隷《どれい》だろう。ジェイド王国では亜人《あじん》差別が激しく、獣人の奴隷が虐《しいた》げられることは珍《めずら》しい光景ではない。

（珍しくはないが……見ていて気分が良い光景じゃないな）

カイムは舌打ちをして、騒ぎの方向へと足を向ける。

助ける義理などないが……カイムは獣人差別があまり好きではなかった。身近に親しい獣人がいたこともあって、殺されそうになっている獣人の少女を見捨てることはできない。

喚《わめ》き散らしている貴族風の男に、後ろから声をかける。

「なあ、そこのアンタ。それくらいで良いんじゃないか？」

「ムウ……誰だ貴様は？」

「通りすがりだ。そんなことより、獣人とはいえ、子供相手に騒ぐなよ。大人げないぜ」

「その身なり……フンッ、冒険者《ぼうけんしゃ》か！　粗野《そや》で下賤《げせん》な冒険者ごときが、帝国貴族である僕に意見をしようだなんて百年早い！　さっさと失せるがいい！」

どうやら、若い男は帝国の貴族のようだ。

どんな用事で対岸の隣国《りんごく》に来たのかは知らないが……他国の貴族が迷惑《めいわく》な話である。

「奴隷ってのは立派な財産だろう？　他国の人間が勝手に殺したりしたら、色々と面倒事《めんどうごと》になるんじゃないか？」

「貴様……まだ言うか！　口で言ってもわからぬとは痴《し》れ者めが！」

貴族男はよほど気が短いのか……腰《こし》の剣《けん》を抜《ぬ》いて斬りかかってきた。往来の真ん中で剣を抜いてくるとは思わなかった。貴族というのはここまで腐《くさ》った生き物なのだろうか？

「はあ……面倒だな」

さりげなく身体を横に反らして斬撃を躱《かわ》し、すれ違いざまに貴族男の腹部を殴《なぐ》りつける。

「ガッ……！」

「もう満足しただろ？　そっちこそ、そろそろ寝ておけ」

貴族男が地面にくずれ落ちた。倒れた男はピクリとも動かないが、軽く腹を殴っただけである。命に別状はないだろう。

「まったく、気持ちの良い朝だってのに、騒がしい男だった……怪我《けが》はないか？」

「わふっ……だ、旦那様《だんなさま》……その、ありがとうございますっ！」

地べたに座り込んでいた獣人の少女が弾《はじ》かれたように立ち上がり、バッと頭を下げてくる。垂れ下がった耳が頭の動きに合わせて上下した。

「構わない……それよりも、仕事に戻った方がいい。遅《おそ》くなると主人に叱《しか》られるぞ？」

「わふっ！　そうでしたっ！」

少女は慌《あわ》てて地面に転がる木桶を持って、ヨタヨタとどこかに歩いていってしまう。

そんな小さな背中を眺《なが》めて……カイムは顔をしかめて渋面《じゅうめん》になる。

「獣人奴隷《じゅうじんどれい》か……哀《あわ》れなものだな」

彼らは亜人の集落から攫《さら》われてきて、無理やりに奴隷にされている。人を人とも思わぬ所業。実際、この国の大多数の人間は獣人や亜人を『人間』としてみなしていないのだろう。

王族でも貴族でもないカイムにはどうしようもないが……それでも、痛ましい気持ちになるのは避けられなかった。

「……母に拾われていなければ、ティーもあんな風になっていたのだろうか？」

「ガウッ、あんな風というのはどういうことですの？　私がどうかしましたか？」

「いや、メイドじゃなくて奴隷として、誰かに酷使《こくし》されてたのかなって…………あ？」

聞き慣れた声に思わず返事をして……カイムは遅《おく》れて異変に気がつく。

振《ふ》り返ると、そこには銀色の髪《かみ》を背中に流したメイド服の女性が立っていた。

「え……お前、ティー⁉　どうしてここに⁉」

いつの間にか背後に立っていたのは、故郷に残してきたはずの虎人《とらびと》のメイド……ティーだった。二度と会うことはないだろうと思っていたはずの彼女が腕を組んで立っている。

「……ようやく追いつきましたわ、カイム様」

ティーは笑顔《えがお》。笑顔だが……不思議と心臓がバクバクと高鳴って危険信号を訴《うった》えてくる。

「さあ、説明していただきますの……どうして、私に挨拶《あいさつ》もなしに旅に出ているですの？　説明次第《しだい》では……ガウウウウウウッ」

満面の笑みとは裏腹。ティーは肉食の猛獣《もうじゅう》のように唸《うな》り声を上げた。地の底から響いてくるような低い声は、『毒の女王』と融合《ゆうごう》したカイムでさえ背筋が凍《こお》るような迫力《はくりょく》がある。

「ちゃーんと説明してもらいますわ。逃げたら……わかってるですの？」

「…………おうっ」

カイムはかつてない恐怖に戦慄《せんりつ》し、これでもかと顔を引きつらせたのである。

「ガウウウウウウッ！　カイム様は勝手ですわ！　鬼畜《きちく》ですわ！　悪逆非道ですわ！」

ティーに捕獲《ほかく》されたカイムは、力ずくで近くのレストランに連れ込《こ》まれた。レストランの隅《すみ》のテーブルで、ティーが尖《とが》った犬歯を剥《む》いて対面に座ったカイムに説教をしている。

「ティーを巻き込みたくなかった⁉　これまでの生活が崩れてしまう⁉　舐めてるんじゃないですの！　今のティーがあるのはカイム様と奥様《おくさま》のおかげ。それなのに……自分の生活の安定のためにカイム様を見捨てるわけがないですわ！」

「……すまん、悪かった。俺《おれ》が馬鹿だったから許してくれ」

どうやら、こういう時には男は平謝《ひらあやま》りをするしかできないようである。カイムは言い訳することなく、ひたすら謝罪の言葉を繰《く》り返した。

「そもそも、どうしてカイム様は大人の姿になっているですの⁉　私がいない間に、大人の階段を上ってしまいましたの⁉」

「それは……というか、お前はどうして俺が『カイム・ハルスベルク』だとわかったんだよ。姿形が全然違うと思うのだが？」

当たり前のように自分を「カイム」として扱《あつか》っていたから気がつかなかったが……カイムは現在、十八歳ほどまで成長しており、髪や瞳《ひとみ》の色も変わっている。

ティーはどうして、カイムが「カイム・ハルスベルク」であると認識《にんしき》できたのだろうか？

「わからないわけがないですわ！　カイム様の匂いは変わっていませんし。それに……お顔立ちが若い頃《ころ》の奥様にそっくりでしたから」

「母様に……？」

「はい、病気で痩《や》せ細《ほそ》った姿しか知らないカイム様はわからないかもしれませんけど……若い頃の奥様は、今のカイム様と瓜二《うりふた》つでしたの」

「そう、なのか……」

ティーの言葉にカイムは微妙《びみょう》な返事をする。敬愛する母親とそっくりと言われるのは嬉《うれ》しいような、恥ずかしいような、不思議な感慨《かんがい》があった。

「ここまで匂いを追跡《ついせき》してきましたの。最近は雨も降っていなかったので余裕でしたわ！」

ティーが得意げに胸を張り、エプロンドレスに包まれた豊かな胸部がグイッと強調される。どうでもいいが、ティーはこの格好でここまで追いかけて来たのだろうか。地面の匂いを嗅《か》いで主人を追いかけ、街道《かいどう》を進んでいくメイド……さぞや悪目立ちしたに違いない。

「虎人族は人間よりもずっと鼻が利きますの！　狼や犬ほどではありませんが……嗅ぎ慣れた匂いをたどって主人の後を追うくらい朝飯前ですわ！」

「主人……ね。父、ハルスベルク伯爵《はくしゃく》よりも俺のことを選んでくれるのか？　俺は爵位《しゃくい》も財産もない。お前の働きに報《むく》いる手段なんて持ってないんだぞ？」

「関係ありませんわ！　ティーの主人はカイム様だけ。それは拾っていただいた時から変わりませんの！　あ、もちろん奥様のことも敬愛していますけど！」

「………」

どうやら、ティーを置いて旅に出たのは間違《まちが》いだったらしい。

カイムは自分の事情に巻き込みたくなくて、ティーの生活を壊《こわ》さないように独りで領地を出た。しかし、それはティーにとっては有り難迷惑《がためいわく》だったようだ。

ティーの居場所はカイムの横。ティーの主人はカイムだけだったのである。

「……泣かせてくれるじゃないか。どうやら、俺は君の忠誠心を見誤っていたようだ」

「反省してくださいな！　ティーはカイム様のいるところなら何処《どこ》にだって行きますの！　ゆりかごから墓場までお付き合いしますわ！」

「それは意味が違う気がするが……心の底から嬉しいよ。ありがとう」

カイムは素直《すなお》に礼を言った。母の遺言《ゆいごん》通りに家族を探す旅に出たつもりだったが……どうやら、カイムには少なくとも一人は家族がいたらしい。

安定した仕事も温かな住処《すみか》も、何もかも投げ出して追いかけてきてくれたティーが家族じゃないなんて言えるわけがない。

（どうやら……俺が馬鹿だったらしい。家族を探すための旅で、いきなり大事な家族を置いて来ちまうなんて……反省しなくちゃいけないな）

「ところで……ティーはカイム様に訊《き》きたいことがありますわ」

「何だ？　何だって聞いてくれて構わない。包み隠《かく》さず答えよう」

ティーの忠義に感極《かんきわ》まったカイムは、どんな質問にも正直に答えようと鷹揚《おうよう》に頷《うなず》くが
……直後、思いっきり顔の筋肉を硬直《こうちょく》させることになる。
「カイム様の身体から女の……いえ、『牝《めす》』の匂いがしますわ。それ、どなたの匂いですの？」

○　　○　　○

ティーに捕《つか》まったカイムは彼女を連れて宿屋に戻った。とりあえず宿の食堂にティーを待たせておき、ミリーシアとレンカに事情説明をするために一人で部屋に行く。

「カイムさん……まずは言い訳することはありますか？」

「…………」

そして……カイムは即座《そくざ》に床《ゆか》に正座させられた。目の前にはミリーシアとレンカが腕を組んで仁王立《におうだ》ちしている。

当然ながら、ちゃんと服は着ている。早朝のように全裸《ぜんら》ではない。ミリーシアが底冷えのする笑顔で詰問《きつもん》しており、レンカも後ろで顔を真っ赤にさせて腕を組んでいた。

「あー……えっと、その……ちょっと朝飯を買いにだな……」

「どうして、私達を置いて行ってしまったんですか？　目を覚ましてカイムさんがいなく

なっていて、とても不安だったんですよ？　ひょっとしたら、私達を捨てて行ってしまったのではないかと。やることをやって用済みになってしまったのかと」

「うっ……」

白状するのであれば……半分、いや三分の一くらいは逃げるつもりだった。責任を放棄して全力で。もちろん、そんなことは口にできないため、カイムは黙《だま》るしかなかった。

「私もレンカも殿方《とのがた》に抱《だ》かれるのは初めてだったのですよ？　生まれて初めて恋人《こいびと》と夜を共にしたというのに、朝になったら殿方がいなくなっているなんて悪夢ではありませんか。カイムさんは私達を悲しませて楽しいですか？　楽しいからやったんですよね？」

「恋人って……俺達《おれたち》のことだよな？」

「違うんですか？　恋人でもない女を抱いたのですか？　ひょっとして……私達のことを娼婦《しょうふ》か何かと勘違いしてましたか？」

「恋人で！　恋人でいい！　だから……もう勘弁《かんべん》してくれ！」

矢《や》継《つ》ぎ早《ばや》に嫌《いや》みを連射してくるミリーシア。とうとうカイムが降参して両手を床に投げ出した。恋人であることを認めた瞬間《しゅんかん》、ミリーシアが「してやったり」とばかりに笑《え》みを浮《う》かべたのだが……カイムは言質《げんち》を取られたことに気づいていない。

「はい。それでは……カイムさんは私達の恋人と言うことで。レンカもいいですよね？」

「当然だ……私を傷物にした責任を取れ」

レンカが上目遣《うわめづか》いに睨《にら》んできた。瞳に涙を溜《た》めて見つめてくる表情は年上とは思えないほど子供っぽく、思わずカイムはドキリとさせられる。

こうなると、もはや逃げ場はない。前も後ろもガッチリと道をふさがれている。

「……わかったよ。俺も男だ。責任とか言われても困るが、できる限りのことはしよう。それよりも……君達の方こそ本当にいいのか？　俺は何の地位もない旅人で、そっちは帝国の貴族だろう？」

おまけに……カイム一人に対して女性が二人。両手に花という状態である。ミリーシアとレンカの方こそ、そんな爛《ただ》れた関係を受け入れることができるのだろうか？

「問題ありませんよ。私の父にも複数の妻がいますから」

ミリーシアがニコニコと笑顔で首を傾げた。一夫多妻……それが何の問題があるんだと言わんばかりの態度である。

「……帝国は実力主義。相応の強さがあれば、騎士《きし》や貴族の地位を得るのは難しくない。貴殿《きでん》ほどの実力者であれば、手柄《てがら》さえあれば伯爵以上の爵位は確実に得られるだろう。貴族ならば複数の妻をめとるのは当然のこと。気にはしない」

レンカもまた追従して補足する。

帝国はジェイド王国の十倍以上の国力がある大国。彼《か》の国を強国たらしめているのは富国強兵、絶対的な実力主義である。血筋や家柄《いえがら》にこだわることなく、能力のある人間を臣下として取り立ててきた結果だった。

「そうかよ……つまり、二人とも俺の女になるのに異論はないわけか」

カイムとしては望むところ。都合が良過ぎる展開だった。ミリーシアとレンカほどの美女をそろって恋人にできるなんて、男冥利《おとこみょうり》に尽《つ》きる話である。

「カイムさんに命を救われて、私は運命を感じました。貴方《あなた》こそが生涯《しょうがい》を捧《ささ》げて添《そ》い遂《と》げる方なのだと確信したのです」

「私はとてもムカつく。ムカつくのだが……貴殿が戦っているところを見ると胸の高鳴りが止まらなかった。是非《ぜひ》とも調教して……いや！　特別に私とお嬢様《じょうさま》の夫として認めてやろう！」

「……そうかよ、嬉しくって涙が出そうな気分だよ」

不穏《ふおん》な単語を聞いた気がするが……カイムは二人の愛を受け入れた。

話がまとまったのは良いとして、カイムには報告しなくてはいけないことがある。

「あー、お互《たが》い納得《なっとく》したところで、二人に紹介《しょうかい》したい奴《やつ》がいるんだが……」

「「え？」」

ミリーシアとレンカがきょとんとした顔で目を瞬《しばた》かせた。口で説明するよりも実際に会ってもらった方がいい。面倒事は一度に片付ける方が良いに決まっている。

カイムは一度部屋から出て、下で待たせているティーを呼びに行くのであった。


「…………」

「…………」

「…………」

宿屋の一室で三人の女性が顔を合わせている。三人の間には……ついでに唯一《ゆいいつ》の男性であるカイムにも、息が苦しくなるような気まずい空気が流れていた。

「カイム様、どなたですの……こちらの方々は？」

一人目はメイド服を着た獣人の女性……ティー。

カイムにとって家族と呼べる長い付き合いのメイド。幼い頃から面倒をみてくれた姉のような存在である。

「カイムさん、説明してくれますよね？　こちらの女性はどなたです？」

二人目は簡素ながらも上品なデザインのドレスを着た女性……ミリーシア。

数分前、めでたくカイムの恋人となった帝国貴族の娘《むすめ》。盗賊《とうぞく》から助けたことがきっかけで、カイムの女になった美少女でもある。

「まさか……私やお嬢様以外にも手を出していたとは。英雄《えいゆう》色を好むとでも褒《ほ》めれば良いのか、呆《あき》れれば良いのか……」

三人目は動きやすい簡素なパンツルックの女騎士……レンカ。

ミリーシアと同じくカイムの恋人になった女性。カイムの毒を飲み、さらに圧倒的《あっとうてき》な力で戦っているところを見て虜になった年上の美女である。

三人はカイムを中心にトライアングルを作って睨み合っている。

牽制《けんせい》する女性達の鋭《するど》い視線に、中央に据《す》えられたカイムは背筋から汗を垂れ流した。

(何だ、この修羅場《しゅらば》は……俺は何か悪いことをしたのか？)

一方的に責められるポジションにいるのは非常に納得がいかなかったが、この状況で文句を言うほど愚《おろ》かではない。気まずそうに座《すわ》り、時が流れるのをひたすら待った。

「こちらの女性は……服装からしてメイドですよね？　カイムさんは平民だと仰《おっしゃ》ってましたけど、ひょっとして嘘《うそ》をついたんですか？」

長い沈黙《ちんもく》の後、ミリーシアが口を開いた。半眼で睨まれたカイムは恐る恐る答える。

「……嘘じゃない。間違いなく平民だ。父親と母親、それと妹が貴族だというだけでな」

「どうやら訳ありのようですね……まあ、それは後でゆっくり聞かせてもらいましょう」

ミリーシアは「フウ」と溜息《ためいき》をついて、頬に手を当てて物憂《ものう》げに首を傾げる。

「私はカイムさんの恋人なのですけど……あなたはどのような関係なのですか？　やはり、服装通りに使用人でしょうか？」

「ガウッ！　恋人……！」

牽制のように放たれた言葉。ティーが鋭い牙《きば》を剥いて、わずかに怯《ひる》む。

『恋人』という言葉にたじろいだようだが……それでも、果敢《かかん》に立ち向かう。

「ティーはカイム様の従者で家族ですわ！　一緒《いっしょ》に寝たこともあれば、お風呂《ふろ》に入ったこともありますの！　ただの使用人では済まされない絆《きずな》がありますわ！」

「へえ……それはそれは。一緒に寝たことならば私だってありますよ？」

「どうせ一度きりなのでしょう⁉　私は何度も何度も一緒に寝ましたよ！」

「密度は私達の方が上です！　だって……その先までしていただきましたもの！」

「ガウウッ……！」

勝ち誇《ほこ》った様子のミリーシアにティーが悔《くや》しげに鳴く。ミリーシアが一歩リードしたようだが……ティーがバッと勢いよく自分のスカートをまくる。

「うおっ⁉」

「子作りくらいティーだってできますわ！　たまたま横入りしてきた泥棒猫《どろぼうねこ》の分際で偉《えら》そ

うにするんじゃないですの！」

「くっ……まさか昼間から、そこまでしてくるなんて⁉　こうなったら……レンカ！　私達も脱ぎますよ！」

「ええっ⁉　お嬢様、私も参戦するんですか⁉」

「当然です！　私達の絆、愛をここで見せてあげましょう！」

服を脱ぎ始めたティーに対抗《たいこう》して、ミリーシアまでもがドレスの胸元《むなもと》を開いた。レンカはしばし迷っていたが、やがて意を決したようにズボンを下ろす。

「ちょ……お前ら、何やってんだ⁉　まだ真昼間だぞ⁉」

「関係ありませんわ！　早く、交尾《こうび》をするですの！」

半裸《はんら》になる彼女達を慌てて止めようとするが、逆に詰《つ》め寄られてしまった。

「させません！　カイムさんは私達の恋人です！」

「……責任を取れ。この不埒者《ふらちもの》め！」

「お、落ち着けって！　頼《たの》むから！」

「ガウッ、待ちませんわ！　カイム様、覚悟《かくご》するですの！」

「私だって負けません！　帝国女は度胸が命です！」

「く、殺せ……さっさと私の尻《しり》を叩《たた》け！」

三人が壁際《かべぎわ》にカイムを追いつめる。カイムは激しい恐怖に顔を青ざめさせ、襲《おそ》われる覚悟を決めるが……そこで予想外の方向から救いの手が差し伸《の》べられた。

「あ、あの……お忙《いそが》しいところを失礼します」

「あ……」

いつの間にか部屋の入口に立っていた宿屋の看板娘である。小柄《こがら》なソバカス顔の少女は顔をトマトのように赤くして、扉《とびら》の陰《かげ》から四人の痴態《ちたい》を覗《のぞ》き見していた。

「えっと……その……チェックアウトの時間なんですけど。もう一泊《いっぱく》するのなら、追加で料金をいただかないと……」

「…………ああ、そうだったな。悪かった」

カイムが気まずそうに首肯《しゅこう》する。盛《も》り上がっていたところに水を差され、半裸の三人も冷静になって服を着始めたのであった。

○　　○　　○

話し合った結果、ティーを加えて帝国に向かうことになった。

カイムと三人の女性は連れ立って宿を出て、帝国行きの船のチケットを買いに行く。

船着き場にある売場につくと、若い男性店員がチケットの販売《はんばい》をしていた。

「帝国行きを四枚だね。金貨二枚だよ」

「はい、こちらでお願いします」

ミリーシアが代表して、全員分のチケットを購入した。

若い女性……それもいかにも高貴そうな女性客を見て、男性の販売員《はんばいいん》も笑顔で応対する。

「えーと……今日の船はもういっぱいだから、出港は明日の正午だよ。乗り遅れてもチケット代の払《はら》い戻しはしないから気をつけてくださいよー」

「明日？　ずいぶんと早いのですね？」

帝国行きの船はいつも混んでおり、運が悪ければ一週間以上も待たされることがあるらしい。次の日のチケットが取れるなんて滅多《めった》にない幸運だった。

「たまたまキャンセルした客がいてね。明日の船が空いてるんだよ」

「そうですか、ありがとうございます」

ミリーシアがチケットを受け取り、カイムのところに戻ってくる。

「どうやら、明日には帝国側に渡れそうです。予想よりも早い出発になりそうですね」

「それは何よりだが……出発する前にこの町を観光しても構わないか？」

「もちろん、構いませんけど……ティーさんも一緒なのですよね？」

「もちろんですわ。ティーはカイム様のメイドですもの！」

カイムの後ろに控《ひか》えていたティーが堂々と言う。

「私達も御一緒《ごいっしょ》したいところですが……旅に必要な物資を補充《ほじゅう》しなければいけません。口《くち》惜《お》しいですが、観光はお二人でどうぞ……」

ミリーシアが不満そうに口を尖らせながら、言ってくる。

「いいのか？　荷物持ちが必要だったら、俺も手伝うが……？」

「構いませんわ。こちらの都合で同行してもらっているカイム様を必要以上に拘束《こうそく》するわけにもいきませんから。それに……ティーさんと積もる話があるのでしょう？」

「……いいですの？　敵に塩を送るようなことをして」

ティーが疑わしげな目でミリーシアを睨む。ミリーシアは小さく肩《かた》をすくめた。

「カイム様ほどの御《お》方《かた》を独《ひと》り占《じ》めできるとは思ってませんもの。ただし、正妻争いは負けませんから覚悟しておいてください」

「ふん、望むところですわ！　どうせティーが勝ちますの！」

ティーとミリーシアが顔を合わせて、バチバチと火花を散らす。レンカが苦笑いをしつつ、カイムに向けて「しっしっ」と手を振った。

「……もう、早く行ってくれ。貴殿らといると、お嬢様がお嬢様ではなくなってしまう」

「……苦労をかけるな。そっちは頼んだ」

カイムは苦労性《くろうしょう》のレンカを労《ねぎら》いつつ、ティーを促《うなが》して大通りを歩いていった。

「さて……初めての町、初めての観光だ。ティーはどこか行きたい場所はあるか」

「ありますわ。だけど……後で結構ですの。先にカイム様が行きたい場所に行きましょう」

「俺の行きたい場所か。そうだな……」

カイムはいくつかの場所を頭に浮かべる。朝に露店を回った際、ついでに町の観光スポットについて聞き取りをしていた。

「じゃあ、とりあえずは町の高台に行ってみるか」

カイムは人の流れに沿って大通りを歩いていき、坂道を上る。緩《ゆる》やかな勾配《こうばい》の坂を上っていった場所にあるのは町を見下ろすことができる高台だった。

「おお……絶景だな！」

「ガウ……これは見事ですの！　すごいですの！」

高台に立った二人は同時に感嘆《かんたん》の声を上げる。そこからは町全体を見渡《みわた》すことができた。

遠くに目を向けると町に沿って海に流れていく大河も一望できる。

広大な大河が陽の光を反射してキラキラと輝《かがや》き、まるで巨大《きょだい》な宝石箱のようである。

「なるほど……これは確かに一見の価値がある。教えてくれた飯屋の旦那《だんな》に感謝だな」

「まるで夢みたいですわ。カイム様と一緒にこんな景色を見れて！　あの屋敷《やしき》にいた頃からずっと、カイム様といろんな場所に行ってみたかったんですの！」

「ティー……」

忠誠心あふれる言葉に胸を打たれ、カイムは感極まって肩を震《ふる》わせる。

しかし……次に放たれた言葉を聞いて、別の意味で胸を打たれることになった。

「カイム様が勝手にいなくなってしまったときには、ショック過ぎて泣きそうになってしまいましたが……こうやって一緒に旅先を観光できるだなんて幸せですわ！」

「グッ……」

さりげなく含《ふく》まれていた棘《とげ》にカイムは胸を押《お》さえた。頭を抱《かか》えてしゃがみ込み、項垂《うなだ》れながら何度目になるかわからない謝罪を口にする。

「……いい加減に機嫌を直せよ。悪かったって言ってるだろうが」

「がう、ですからもう怒《おこ》ってませんわー。カイム様にも事情があったようですし、置いていかれたことは許してますの」

「……また含みのある口ぶりだな。言いたいことがあるのならはっきりと言えよ」

「いいんですの？　だったら言わせてもらいますわ！」

ティーがずずいっとカイムに顔を近づけてくる。

「カイム様、ティーは怒っていますわ！」

「うっ……だから、そのことは……」

「置いて行ったことではありませんの！　ティーの知らないところで、知らない牝と交尾をしていることについてですわ！」

「はあ⁉」

カイムは慌てて周りを見回した。周囲には少なからぬ観光客がいる。彼《かれ》らは『交尾』というただならぬ言葉を聞いて、怪訝《けげん》な視線を向けてきていた。

「ティー、こんな場所でなんて話を……！　周りの目をちょっとは気にしろ！」

「カイム様が悪いですわ！　あんな駄牝の誘惑《ゆうわく》に乗ったりして……ティーは怒ってます！　傷ついてます！　悲しんでいます！」

「アイツらとのことは色々と事情があってな……ああ、もう。どうしろっていうんだよ？」

「謝罪と補償《ほしょう》を要求しますわ！　これから、ティーが行きたい場所に一緒に行きますの！」

「一緒にって……それだけでいいのか？」

「ええ、それだけで許してあげますわ。さあ、行きますの！」

ティーがカイムの腕《うで》を抱いてグイグイと引っ張っていこうとする。エプロンドレスに包まれたたわわな感触《かんしょく》が二の腕を包み込んできて、成すすべもなく引きずられる。

（コイツ……そう言えば、昔から胸がやたらと大きかったんだよな……）

ティーとは幼少時から一緒に風呂に入っていた。十代の頃から胸の発育がとんでもなく良くて、二十歳《はたち》を迎《むか》えた現在ではまるで二つの巨大な山となっている。昔なじみのメイドの発育の良さを改めて突《つ》きつけられ、カイムは心臓を激しく高鳴らせてしまう。

「も、もちろん一緒に行くのは構わない。そんなことで詫《わ》びになるのなら安いものだが……どこに連れて行くつもりだよ」

腕を引かれながら訊《たず》ねると、ティーがカイムの方を振り返る。悪戯《いたずら》っぽい笑みが浮かんだ顔。その瞳はまるで獲物《えもの》を追い詰める肉食獣《にくしょくじゅう》のように妖《あや》しい光を放っていた。

「連れ込み宿《ラブホテル》に決まっていますわ！　これからティーとも交尾をしますの！」

「はあっ⁉　昼間っから何を言ってやがる！」

その話は終わっているはずではないのか。カイムが声を裏返らせて叫《さけ》んだ。

「獣人の女は追い詰めた獲物を逃《に》がしませんの！　他の女がいない絶好のチャンス……ここでカイム様を襲わないわけがありませんわ！」

ティーがまるで誇らしいことであるかのように堂々と言い放つ。

「カイム様はきっとこれからも多くの牝を惹《ひ》きつけることでしょう。それは構いません。優《すぐ》れた牡《おす》は牝を侍《はべ》らせるものですから。ですが……正妻の座は断じて譲《ゆず》りませんの！　ティーは初めて会った時から、ずっとカイム様を狙《ねら》っていたのですから！」

「公衆の面前でとんでもないことを言い放つんじゃねえ！　それに初めて会った時って……俺は赤《あか》ん坊《ぼう》だったぞ⁉」

叫ぶ二人に周りから好奇《こうき》の視線が集まる。観光客やら町の住民やらがこちらを見つめている。カイムはどう答えたものか頭を抱えるが……そこで場違《ばちが》いな怒号《どごう》が響《ひび》き渡《わた》った。

「あ、アイツだ！　見つけたぞ！」

「ん？」

投げかけられた怒《いか》りの声。カイムが怪訝な面持《おもも》ちで振り返ると、数人の男達がまさに高台に登ってきたところだった。

身なりの良い貴族風の男性と、いかにも荒事《あらごと》に慣れていそうな屈強《くっきょう》そうな男達である。

貴族風の男性には見覚えがあった。数時間前、市場で獣人奴隷の少女を虐げていた男だ。

「アイツめ……さっきはよくもやってくれたな！　帝国《ていこく》貴族である僕に暴力を振るったりして、許されると思ってるのか⁉」

「チッ……忙しいときに、面倒臭《めんどうくさ》そうなのが出てきやがったな」

カイムは舌打ちをした。取り込み中だというのに邪魔者《じゃまもの》が現れたらしい。

「おい、お前達。あの男を殺せ！　僕に無礼を働いた罪を購《あがな》わせろ！」

「坊《ぼっ》ちゃん、本当に殺っちまっていいんですよね？」

「構わない、憲兵も判事も金で黙らせてやる。嬲《なぶ》り殺しにしろ！」

「はいよ、承知しました」

貴族男の許可を得て、屈強な男達が前に進み出てくる。日焼けした筋肉を剥き出しにしたならず者達は手にナイフや棍棒《こんぼう》といった武器を持っていた。ニタニタと嘲《あざけ》るような醜悪《しゅうあく》な笑みを浮かべ、カイムとティーを順繰《じゅんぐ》りに見やる。

「へへ、女連れとは気が利《き》いてやがる。後の楽しみが増えたぜ！」

「男をぶっ殺してから、女もタップリと可愛《かわい》がってやるぜ。その後は娼館《しょうかん》にでも売り飛ばすかな。獣人とはいえ、高く売れそうだ！」

「クズが……鬱陶《うっとう》しいな」

ティーに邪《よこしま》な視線を向ける男達にカイムは眼光を強める。殺意を固めて拳《こぶし》を握《にぎ》るが……カイムよりも先にティーが前に出た。

「ガウウウウッ！　カイム様との交尾を邪魔《じゃま》するなんて許しません！　万死《ばんし》に値します！」

牙を剥き、飢《う》えた獣《けもの》の形相でティーが唸る。銀色の髪の毛がユラユラと逆立っており、まるで意思を持った生き物のようになっていた。

「おい、ティー……」

「ガウウウウウウウウッ！」

カイムが止めようとするが……ティーが勢い良く飛び出した。地面を滑《すべ》るような足取りで前進するや、正面にいた男の股間《こかん》を蹴《け》り上げる。

「あぷっ……」

玉を蹴り飛ばされた男が奇妙《きみよう》な悲鳴を上げてうずくまる。

「まだ終わりじゃありませんの！　骨まで砕《くだ》けろですわ！」

「ギャアッ⁉」

うずくまった男の顔面にティーが右手を振るう。鋭い爪《つめ》が男の顔面を切り裂《さ》いて真っ赤な鮮血《せんけつ》が飛び散った。男は仰向《あおむ》けに倒《たお》れて動かなくなる。

「こ、この女、許せねえ！」

「よくも仲間をやりやがったな！　ぶっ殺してやる！」

仲間がやられたのを見て、他の男達が激昂《げきこう》した。ナイフや棍棒を振りかぶり、ティーめがけて叩きつけようとする。

「甘《あま》いですわ！　そんな攻撃《こうげき》は当たりませんの！」

ティーが身体をひねり、素早《すばや》いステップで攻撃をかわしていく。人間離《にんげんばな》れした柔軟《じゆうなん》かつ機敏《きびん》な回避《かいひ》はまさに猫《ねこ》科の猛獣だ。

亜人《あじん》や獣人《じゅうじん》と呼ばれる種族は数多いが……その中でも、虎人は獅子人《ししびと》や龍人《りゅうびと》と並んで好戦的な戦闘《せんとう》民族である。ティーはメイドとして働く傍《かたわ》らでハルスベルク家の騎士や兵士に交ざって訓練を積んでおり、並の兵士に負けることのない戦闘能力を有していた。

「ちょっとだけ本気を出してあげますの！　喜び、むせび泣くがいいですわ！」

ティーがエプロンドレスのスカートをはためかせると、スカートの中から棒状の武器が現れた。三本の棒が鎖《くさり》で連結された奇妙な形の武器。東方の国において『三節棍《さんせつこん》』と呼ばれている武器である。

「亡《な》き奥様から買っていただいた武器……ここで使わせていただきますの！」

それはカイムの母であるサーシャ・ハルスベルクが存命中、市場で異国の商人が売っていたのを購入《こうにゅう》したものだ。不思議な形状の武器は何故《なぜ》かティーの手に良く馴染《なじ》み、サーシャは「それで息子《むすこ》を守ってあげてね？」と笑顔で買い与《あた》えたのである。

「それでは……参りますわ！」

「ギャッ！」

ティーが三本の棒を器用に振り回し、ならず者を殴《なぐ》りつけた。

「ガウッ！　ガウッ！　ガウッ！　ガウッ！」

「ぐわあっ⁉」

「ぎゃあああああああっ！」

遠心力がつけられた棒がならず者の顔や腹部、股間を連続して叩く姿はまるで華麗《かれい》な舞踊《ぶよう》のようである。周囲にいる野次馬《やじうま》からも感嘆の声が上がった。

「おお、すげえ！」

「お嬢《じょう》ちゃん、いいぞー！　もっとやれ！」

「そこだ。やっちまえ！」

ジェイド王国は亜人差別が激しいが、隣国《りんごく》と接するこの町は比《ひ》較的《かくてき》、異種族への受け入れが良かった。次々と屈強な男達をなぎ倒していく美女の姿に、種族という壁を超《こ》えた称賛《しょう》が浴びせられる。

「ぐ……！　僕《ぼく》が雇《やと》った護衛がこんなに一方的にやられるなんて……覚えていろよ！」

一方、雇い主である貴族風の男は形勢不利を悟《さと》り、そそくさと逃げ出した。

高台の階段を駆《か》け降りて逃げようとするが……回《まわ》り込んでいたカイムが立ちふさがる。

「兵隊が戦ってるのに、大将が逃げるだなんて格好がつかねえだろ。ティーだけにやらせるのも申し訳ないし、ここは俺が遊んでやるよ」

「ぐ……う……僕のパパは帝国の高官だぞ。こんなことをしてタダで済むと……！」

「知るかよ。馬鹿が」

カイムが紫色《むらさきいろ》の魔力《まりょく》を放出させた右手で貴族男の顔面を掴《つか》む。酸性の猛毒《もうどく》がタップリと浴びせられる。

「ギャアアアアアアアアアアアアアッ⁉」

「当分は見るに堪《た》えない顔面になるだろうが……せいぜい、治療院《ちりょういん》で後悔《こうかい》することだな。ケンカを売る相手をもっと選ぶべきだったと」

「グ……ギ……ガガガッ……」

毒を浴びた貴族男が階段に倒れてピクピクと痙攣《けいれん》する。顔面は焼け爛れたように無残な有様になっているが、とりあえず生きているようだ。

「さて……」

「カイム様、逃がしませんの」

そのまま立ち去ろうとするカイムの襟首《えりくび》をティーが掴んだ。

「さあ、連れ込《こ》み宿に行きますわ！　お願いだから、抵抗《ていこう》しないで欲《ほ》しいですの！」

ティーは片手でカイムを捕まえ、もう一方の手に三節棍を握っている。カイムが拒否《きょひ》しようものなら、暴力に訴《うった》えてくる可能性すらあった。

「……わかったよ。好きにしろ」

カイムは溜息をついて、ティーに引きずられていったのである。

連れ込み宿に引きずり込まれて個室に二人きりになるや、カイムはベッドに押《お》し倒された。獣人のパワーによって投げ飛ばされるようにしてベッドに仰向けになり、ティーが腰《こし》の上に跨《また》がってくる。

「フッフッフ……もう逃げ場はありませんよ。観念してください、カイム様!」

「…………」

舌なめずりをして嫣然《えんぜん》と笑うティーに対して、カイムは無言である。この状況《じょうきょう》で抵抗しようなどとは少しも思えない。瞳には諦念《ていねん》の色が浮かんでいた。

「ウフフ……」

カイムの目の前でティーがゆっくりとメイド服を脱《ぬ》いでいく。細い指先がエプロンドレスのボタンを外していき、胸の谷間が開かれていく。

カイムにとって、ティーは物心つく前から面倒《めんどう》をみてくれた姉のような存在である。抱き着かれたりするのは日常茶飯事《にちじょうさはんじ》。幼い頃《ころ》には一緒に風呂に入ったこともあった。

(だけど……こうやって、まじまじと裸《はだか》を見るのはさすがに初めてだな)

何年か前からティーの肌《はだ》を見ることに背徳感を覚えるようになり、直視することは避《さ》けてきた。ティーの体つきはカイムが知るものよりもかなり成長している。

カイムの見つめる先……ブルンと音を立てて、エプロンドレスの中から二つの乳房《ちぶさ》がこぼれ出た。赤の下着に包まれた大きな乳房には重力に負けることないハリがあり、下から見上げるととんでもない迫力《はくりょく》である。

「で、デカい……」

半裸のティーを見上げて、カイムは思わずつぶやいた。目の前で垂涎《すいぜん》ものの乳房がタプタプと揺《ゆ》れている。

ミリーシアやレンカも決して小さくはなかったのだが……ティーの胸は一目でわかるほどに格が違《ちが》う。

下から見上げた二つの果実は爆乳《ばくにゅう》。まさに爆発《ばくはつ》するような乳房だった。服の上から想像していたよりもさらに二回り以上は大きく、艶《なま》めかしいラインで楕円《だえん》を描《えが》いている。

「触《さわ》っても良いですわ、カイム様」

「…………！」

「路地裏で拾っていただいた時より、この身はカイム様のもの。血の一滴《いってき》から肉の一欠片《ひとかけら》にいたるまで、全身全霊《ぜんしんぜんれい》がカイム様に奉仕《ほうし》するためにあるのです」

ティーはゆっくりと、まるで見せつけるかのように背中に手を回し、爆乳を覆《おお》っているブラジャーのホックを外した。

瞬間、解放された乳房が大きく跳《は》ねた。まるでそれ自体が別の生き物であるかのように瑞々《みずみず》しく躍動《やくどう》して、山の全貌《ぜんぼう》が露《あら》わになった。

見間違《みまちが》いだろうか……カイムの目には、下着から解き放たれた胸がさらに大きく膨《ふく》らんだように感じた。

「ぐ……」

カイムは唸《うな》って、モゾモゾと腰を動かす。

いつの間にか、下半身の一部に血液が集中していた。ティーが伸《の》しかかっているせいで押さえつけられて、窮屈《きゅうくつ》だと叫んでいる。

「随分《ずいぶん》と元気になってきたようですの。奉仕のし甲斐《がい》があってよろしいですわ」

「グウッ……⁉」

ティーも固い感触に気がついたのだろう。ニンマリと得意げに笑って、スカートに包まれたままの尻でカイムの股間をグリグリと刺激《しげき》してくる。

快楽と苦痛を同時に与えられて、カイムの表情が歪《ゆが》む。

（この雌虎《めすとら》め……調子に乗りやがって……！）

このまま、やられっぱなしではいられない。カイムは反撃《はんげき》の一手を繰《く》り出すべく……目の前で揺れている大きな乳房に狙いを定める。

丸みを帯びた巨大な果実。乳房の大きさに反して小さめの乳輪。その中央に屹立《きつりつ》した乳首《ちくび》は意外なほど可愛らしい。

誘《さそ》われている。挑発《ちょうはつ》されている……カイムはそれを自覚しながらも、あえて罠《わな》の中に飛び込むことにした。

「あんっ⁉」

カイムは下から両手を伸ばし、二つの乳房を鷲掴《わしづか》みにした。まるで猛禽類《もうきんるい》が獲物を捕まえるように揺れる肉塊《にっかい》をガッチリと捕《と》らえ、グイグイと揉《も》みしだく。

「んあっ、ふあっ、はうっ……ダメですの、カイム様。そんなに乱暴にしては……！」

「最初から誘っていたくせに、勝手なことを言ってんじゃねえよ。こうしてもらいたくて挑発してたんだろうが」

掴んだ胸を根元から搾《しぼ》り、グイグイと回して円を描く。

力を入れると、指先が容易に肉の中に沈《しず》んでいく。自由自在に形を変える乳房は、人体の一部がこんなにも卑猥《ひわい》に形を変えるのかと感心してしまうほど柔《やわ》らかい。

「ひゃんっ！」

一通り胸の柔らかさを堪能《たんのう》したところで、今度は親指で乳首を押し込んだ。カチカチと何かのスイッチでも押しているように、指を弾《はじ》いて胸の突起《とっき》を刺激する。

「あっ、あっ、あっ、あっ、あっ……！」

乳首を押すたびに短い喘《あえ》ぎ声がティーの喉《のど》から漏《も》れる。

ティーの顔は快楽に染まっていて、何とも言えない艶めかしい表情になっていた。

カイムは顔見知りの女性の顔を自分の手で歪ませている背徳感に酔《よ》いしれながら、なおも責める手を緩めることなく乳首をクリクリとねじ回した。

「んあああああああっ⁉　カイム様、気持ちいっ、気持ちいいですのっ！　ティーはおかしくなってしまいますのっ⁉」

「安心しろ。お前がおかしいのはいつものことだ」

「ティーは嬉《うれ》しいですの！　カイム様がこんなにも逞《たくま》しくなってくれて、ティーのことを可愛がってくれて感無量ですのおっ！　ずっとこうして欲しかった……カイム様と初めて会った時から、こうしてもらいたかったですのおおおおおっ！」

ティーが獣の遠吠《とおぼ》えのように叫んだ。

初めて会った時……カイムが赤ん坊の頃から情欲を抱《いだ》いていたと言われると空恐《そらおそ》ろしいものがあるが、そこまで自分を思っていてくれたことには素直《すなお》に感動する。

カイムは深すぎる愛情に少しでも応えるべく、強引《ごういん》に上半身を起こした。

「ふあっ……」

「形勢逆転。隙《すき》ありだ」

ティーの身体をひっくり返し、今度はカイムが上になる。

押し倒したティーの身体に覆いかぶさり……巨大な果実に喰《く》らいつく。

「あぁッ⁉」

ティーの胸にしゃぶりついたカイムは、乳首を中心に唾液《だえき》をまぶすように舐《な》めまわした。

最初は右側の乳首。舐めて、しゃぶって、時々吸って……気が済んだら今度は左側も同じように味わう。

「あっ、ふあっ、んっ、んんんんっ……」

「面倒だな……こうなったら……」

「ひゃあんっ⁉」

段々とまどろっこしくなってきたので、左右の胸を同時に責めることにした。二つの乳房を強引に合わせて、二つの乳首をまとめて吸い上げる。

「んううううううっ！」

ティーが上半身をそらして腰を浮《う》かせる。

そんなティーを見ても、カイムは攻撃を緩めない。容赦《ようしゃ》なく左右の乳首に歯を立てた。

「か、カイム様……んああああああああっ⁉」

今日一番の嬌声《きょうせい》が上がる。

どうやら、絶頂してしまったようだ。ティーの身体からクッタリと力が抜《ぬ》けて、ベッドに仰向けになって「ハア、ハア……」と熱い息を漏らす。

「ま、参りましたの……さすがはカイム様ですわ……」

「まったく……調子に乗るからそうなるんだ。ベッドの上でなら、下克上《げこくじょう》できるとでも思ったのか？」

「はふう、ご奉仕がしたかっただけですの……ふあ？」

「よっと」

カイムが脱力《だつりょく》するティーの身体を裏返し、うつぶせにした。

いまだにエプロンドレスのスカートに包まれた尻を持ち上げ、天井《てんじょう》に向けて突き出すようにする。

「カイム様……？」

「雌虎にはこっちの体位の方がお似合いだろ……後ろから犯《おか》してやるよ」

「あ……」

カイムがスカートの中に手を入れ、スルスルとショーツを脱がした。

ブラジャーと同じ赤い色のショーツはすっかり濡《ぬ》れそぼっており、いかにティーがカイムの愛撫《あいぶ》に反応していたかが見てわかる。

「さて……今度はお前が逃げ場を無くしてしまったようだが、今さら拒絶《きょぜつ》なんてしないよな？」

「……もちろんですの。どうぞお召《め》し上がりくださいませ」

ティーが自分の意思で尻を揺らすと、臀部《でんぶ》から生えた白黒の尻尾《しっぽ》によってスカートがずらされる。下着を脱がされ、守りを失った足の付け根がこれでもかと露わになる。

「そうかよ……それじゃあ、いくぞ」

「はいですの……ふあっ⁉」

カイムもまたズボンと下着を脱ぎ捨てて……獣が交尾をするかのように、ティーの背中に覆いかぶさった。

「あ、ああっ、フギャアアアアアアアアアアアアアアアアアアアアッ⁉」

連れ込み宿の一室から、絶頂する獣の鳴き声が響いてくる。

鳴き声は一晩中止《や》むことなく響き続けるのであった。

エピローグ

結局、疲労《ひろう》しきったカイムとティーはそのまま連れ込み宿で一夜を明かすことになった。

一夜を明かしてミリーシアとレンカがいる宿屋に戻《もど》ると、二人が憮然《ぶぜん》とした顔で出迎《でむか》えてくる。

「二人とも……随分と遅《おそ》かったですね、本当に」

「さぞやお楽しみだったのだろうな。まったく、今日は帝国に行く日だというのに……」

早朝だというのに、二人とも早起きして待っていたようだ。

あるいは、寝《ね》ないでカイムの帰りを待ち構えていたという可能性もあるが……あまり考えたくはない想像である。

「昨日は悪かったたな、旅の準備を任せてしまって。そっちは問題なかったか?」

「お嬢様《じょうさま》がずっと不機嫌《ふきげん》だったが……他には問題はない。すぐにでも出発できるだろう」

カイムの問いにレンカが答えた。ミリーシアはまだ怒っているらしく腕を組んでいる。

「それは何よりだ。さて……そっちのお嬢様も機嫌《きげん》を直してくれると有り難《がた》いんだがな」

「…………」

ミリーシアはカイムの言葉に答えることなく、部屋の入口に立っているメイド服の女性……ティーに顔を向けた。

「……ティーさんでしたね？　カイムさんと仲直りはできましたか？」

「お気遣《きづか》いには感謝しますわ。昨晩はとても素晴《すば》らしい夜でしたの！」

「それは良かったです……これから、一緒《いっしょ》にカイムさんを支えていきましょうね？」

「言われるまでもないですわ。不承不承ですけど、貴女《あなた》のことも認めてあげますの」

「認めるのは私の方ですよ？　私が正妻ですし、強い殿方《とのがた》は複数の女性を侍らせるものですから……貴女のことも側妻《そばめ》として、認めてあげます」

「フフン……どっちがカイム様の正妻になるかはこれから勝負ですわ！」

ティーとミリーシアが頷《うなず》き合い、ガッチリと握手《あくしゅ》を交《か》わす。まるで激闘《げきとう》によって友情が芽生えた好敵手のようだ。

カイムにはその遣《や》り取りの意味は分からなかったが……ミリーシアはようやく機嫌を直したらしく、ベッドから立ち上がった。

「それじゃあ……出港の時間には早いですけど、もう船着き場に行っておきましょうか。遅くなって乗り遅《おく》れたら大変ですから」

「ああ、それはいいんだが……」

「カイムさん？　どうかいたしましたか？」

「……………」

顔を覗き込んでくるミリーシアにカイムはたじろいだ。

何故だろうか、和気藹々《わきあいあい》となった女性陣《じょせいじん》の空気に、カイムは胸騒《むなさわ》ぎを感じた。

考えても見れば……この場にいる三人の女性、その全員がカイムとの肉体関係を結んだ『姉妹《しまい》』なのだ。とんでもなく稀有《けう》で貴重でふざけた関係である。

（何故だろうな……ものすごく恐《おそ》ろしくなってきたぞ。俺《おれ》はこんなメンバーで旅をして、帝国に渡ることになるのか……？）

『毒の女王』と融合《ゆうごう》して『毒の王』となり、『拳聖』という人生最大の宿敵を撃破《げきは》した。

もはや怖《こわ》いものなしになったはずなのに……どうして、今さら味方である彼女達《かのじょたち》にこんな恐怖《きょうふ》を感じるのだろう。どれだけ強くなったとしても、男という生き物は最終的には女の尻に敷《し》かれることになるのかもしれない。

「どうかしましたか、カイムさん？」

「カイム様、出発しますわ？」

「行くぞ、どうかしたのか？」

「ああ……何でもない。行くよ」

ミリーシアとティー、レンカに促されて、カイムは世話になった宿屋から出て行った。

四人は並んで歩き、帝国を目指して船着き場に向かう。

男一人に女三人。ある意味では夢のような状況。他の男から羨望《せんぼう》の目で見られるようなシチュエーションなのだろうが……カイムはそんな旅路に激しい不安を感じた。

その不安は予想を上回って的中することになるのだが……それは神のみぞ知っている未来である。

番外編　メイドの狂愛と入浴

ハルスベルク家に仕えるメイド——ティーは『虎人《とらびと》』という種族の獣人である。

亜人や獣人と呼ばれる種族は数多いが、その中でも龍人、獅子人、そして虎人は特に身体能力が高く、戦闘民族として恐れられていた。

さらに虎人の中でも白い体毛を生まれ持った者……ホワイトタイガーの虎人は特別、魔力が高くて、虎人の中の虎人、部族の王のような扱《あつか》いを受けている。

そんな特別な存在として生を受けたティーが、どうして人間の町で孤児《こじ》になっていたのか……それはティー本人も覚えていない。

確かなのはティーが自分を拾ってくれたカイム・ハルスベルクに対して深い忠誠を抱いており、その思いは狂気《きょうき》の域にすら踏《ふ》み込んでいるということだけである。

「カイム様、痒《かゆ》いところはないですの？」

「あう……」

ハルスベルク伯爵家《はくしゃくけ》の屋敷、その浴室に二人の人間の姿があった。

一方は身体のあちこちに紫色のアザがある少年カイム・ハルスベルク。もう一方はカイムに仕えるメイドのティーである。

浴室ということもあって二人は当然のように裸だった。バスチェアに座《すわ》ったカイムの背中をティーが濡れた布で丁寧《ていねい》に拭《ふ》いている。

まだカイムの母親が生きていた頃、二人はよく屋敷の浴室を使用していた。屋敷の主であるケヴィンは良い顔をしなかったが、妻の手前、やめろとは口にできなかった。

「か、痒いところはないけど……ちょっとくっつき過ぎじゃないかな？」

カイムがモジモジと居心地《いごこち》悪そうに言う。

当時のカイムは十二歳《さい》。思春期に片足を踏み入れ、異性との身体の違いを感じはじめる年齢《ねんれい》である。そんなカイムにとって、自分の身体を洗ってくれているティーの裸身《らしん》……背後で揺れている二つの膨らみは意識せずにはいられないものだった。

「身体くらい自分で洗えるよ。子供じゃないんだし、わざわざ湯浴《ゆあ》みについてこなくてもいいよ……」

「何を言っているですの？　湯あたりして倒れたりしたら危ないですわ」

「そんなこと………うひっ！」

ティーがカイムに密着してきて、身体の前に手を回してくる。背中に抱き着くような形になり、柔らかな乳房が押しつけられる。クニュクニュと卑猥に形を変えている膨らみ、圧倒的《あっとうてき》な重量感を肌で味わい、カイムは思わず背筋を震わせた。

「カイム様は病弱ですから。奥様《おくさま》だって、カイム様が独りで湯あみをするのは、のぼせてしまうんじゃないかって心配してますわ」

「そ、そんなことより……む、胸が……！」

「胸が……どうされましたの？」

ティーがカイムの胸部を布で洗いながら、不思議そうに言ってくる。カイムは赤面して言葉に詰《つ》まった。

(胸が当たってるんだって！　ううっ……こんなこと、説明できるわけないって！)

カイムは内心で叫んだ。

胸が押しつけられて変な気分になるからやめてくれ――それは性を意識しはじめたばかりのカイムにとって、口に出すのも恥《は》ずかしいセリフである。

どうしてこんなに恥ずかしいのか、自分でもよくわからない。思春期に入って生じた己《おのれ》の変化には戸惑《とまど》うばかりだった。

「あうう……」

「フフッ……変な声を出したりして、おかしなカイム様ですこと」

ティーは穏《おだ》やかな笑《え》みを浮かべながら、縮こまるカイムの身体を洗っていく。

ティーの裸体《らたい》を気にしまくっているカイムに対して、こちらはカイムのことを男性として意識しているようには見えない。

だが……実のところ、真実は異なっていた。

（カイム様が私のことを女性として意識していますわ！　私の胸でこんなに恥ずかしがって……ああ、なんて愛らしいのでしょう！）

ティーが歓喜《かんき》に打ち震《ふる》えながら鼻息を荒《あら》くする。ティーはカイムが思春期に入ったことがわかっており、その上で意図して身体を押しつけていた。

裸で抱き着き、大きな乳房を押しつけ、腰をすり寄せ……肌と肌で触《ふ》れ合って、カイムの反応を楽しんでいるのである。

（あの小さかったカイム様が、私のことを『女』として見てくれるようになるなんて……これまで長かったですわ）

カイムのことをはっきり『男』として見ているティーであったが、これは今に始まったことではない。カイムが思春期になるはるかに昔……出会った頃には、すでにカイムを未来の伴侶《はんりょ》として認識《にんしき》していたのである。

ティーは孤児として彷徨《さまよ》っていたところをカイムに拾われ、メイドとして雇い入れられた。カイムに対する恩義と愛情は常軌を逸しているほどに深い。

ティーは赤ん坊だったカイムをすでに『男』として見ており、将来的には肉体関係を結ぶつもりでいたのである。

（ようやく、カイム様が雄《おす》になってくれました。いっそのこと……今日、ここで襲《おそ》ってしまいましょうか？）

ティーは恐ろしいことを考えるが……すぐに首を振《ふ》った。

カイムは性に目覚めたばかりである。ここで必要以上に攻勢《こうせい》に出てしまうと、歪んだ性《せい》
癖《へき》に目覚めてしまうかもしれない。

（まだ早い。まだ早いですわ。焦《あせ》ってはいけない……今は将来のために、マーキングする
だけにしておきましょう）

「て、ティー！　そこは自分で洗うって！」

「ダメですわ。主人の身体を洗って差し上げるのはメイドの仕事ですもの」

「だからってそこは……ひゃあっ⁉」

陰部《いんぶ》を指先で優《やさ》しく撫《な》でられて……カイムが裏返った声で悲鳴を上げた。

「ここはデリケートな部分ですから、布ではなく手で洗いますわ。大丈夫《だいじょうぶ》、ティーに任せ

てもらえたら、ちゃんと上手《うま》くいかせて……じゃなくて、上手く綺麗《きれい》にできますわ」

「あうう……」

「フフフ、ウフフフフフフッ……！」

涙目《なみだめ》になってうめくカイム。ティーは肉食獣《にくしょくじゅう》の獣人らしく牙《きば》を剥《む》いて笑い、目覚めたばかりの男性の象徴《しょうちょう》をじっくり時間をかけて洗っていく。

狂信的《きょうしんてき》な愛情に突《つ》き動かされ、カイムに尽《つ》くしているティーであったが……彼女《かのじょ》の悲願が成就《じょうじゅ》するのは、それから一年後のことである。

『毒の土』として成人したカイムは十年以上もかけて熟成された愛情をその身に受けることになり、ミイラになるのではないかと思うほど吸い尽くされるのであった。

あとがき

初めましての方は初めまして。

永遠の中二病作家をしておりますレオナールDと申します。

まずは本書を手に取ってくれた読者の皆様、出版に関わってくれた皆様に心より御礼を申し上げます。

本作「毒の王」は第3回HJ小説大賞の『小説になろう』部門にて受賞させていただき、書籍化することとなりました。

まさかホビージャパン様より本を出させてもらえるだなんて、かつて読み専としてライトノベルを読みあさり、昼となく夜となく妄想を膨らませていた頃の自分は思ってもみない快挙です。

感謝感激しながらも、実はこれが拗らせた妄想の一部ではないのか。ある日突然、夢から覚めてしまうのではないかと戦々恐々としています。

　さて、続きまして本作の解説です。以下の内容はネタバレを含みますので、まだ本文を読んでいない方はご注意ください。

　本作は主人公であるカイムが呪いを持ったまま生まれ落ちるところから物語は始まります。自分は何も悪くない、それなのに呪いのせいで虐げられている少年の不満と悲哀、それが元凶であるはずの『毒の女王』と融合することにより爆発して、最強系主人公として覚醒します。

　自分を逆恨みから虐げていた父親を倒すことで主人公は自分の殻を破り、世界に向かって翼を広げて羽ばたいていくことになりました。ここで毒親である父を殺しておくべきかどうかはかなり悩みましたし、ネット連載の方でも「殺って欲しかった」と意見をいただきましたが、あえて生かしておく方向で進めています。

　再登場する予定は欠片もありませんが、実の息子であるカイムを愛することができず、愛していたはずの娘も家出してしまった父親には、無力感と喪失感に襲われて今後も苦しみ続けて欲しい。それが死ぬことよりも辛い罰になると考えています。

　妹の方は再登場させるべきか悩んでいましたが、をん先生が素晴らしいイラストを描いてくださったのでまた出てきてもらいたいと思います。貴重なおもらしキャラ（？）を捨ていくのはもったいないですからね！

　こうして旅立つことになった主人公ですが、無事にメインヒロインの三人と合流することができました。

　ネット連載では規約の関係で濡れ場のシーンはカットしていましたが、本書ではギリギリまでエロいシーンを追加させていただきました。をん先生が最高のイラストを追加してくれたおかげで、ヒロインの魅力も増し増しになっています。カイムを取り巻くヒロインが満開の花のように咲き乱れる姿を楽しんでいただけたなら幸いです。

　あまりエロいシーンは書いたことがないので難儀させられましたが、おかげさまで作家として新しい境地に踏み出すことができた気がします。

　今後はより作品の幅を広げて、よりエロを追求したファンタジーを書いてみても良いかもしれませんね！


　さて、これにて「毒の王」一巻は幕引きとなりましたが、カイムとヒロインの冒険はまだまだ続いていきます。

　帝国で待ち受けているものとは、ミリーシアの隠している秘密とは、カイムの前に立ちふさがる新たな敵とは……またどこかで書かせてもらう機会をいただけたら、嬉しく思っております。

それでは、またお会いできる日が来ることを全ての神と仏と悪魔に祈って。

レオナールD

HJ文庫 1092 https://firecross.jp/

毒の王 1

最強の力に覚醒した俺は美姫たちを従え、発情ハーレムの主となる

2023年6月1日　初版発行

著者――レオナールD

発行者―松下大介
発行所―株式会社ホビージャパン

〒151-0053
東京都渋谷区代々木2-15-8
電話　03(5304)7604（編集）
03(5304)9112（営業）

印刷所――大日本印刷株式会社

装丁――AFTERGLOW／株式会社エストール

ISBN978-4-7986-3194-3　C0193

ファンレター、作品のご感想お待ちしております

〒151−0053　東京都渋谷区代々木2−15−8
(株)ホビージャパン HJ文庫編集部 気付
レオナールD 先生／をん 先生